恋味定食

村井日向子

文芸社

イラスト　かとう　とおる

　あおば銀行西麻布支店の社員食堂はとても小さい。そして、メニューもそれほど多くない。せいぜい、日替わり定食と定番のカレーライスに麺類である。しかし、高い食材は使えないはずなのに、日替わり定食で出される料理はどれも普通の定食屋より各段に味がいいのである。

「社員食堂にしておくのはもったいない」

　雄介《ゆうすけ》は、日替わり定食を食べながら毎日そう思うのだった。

　樋口《ひぐち》雄介は、西麻布支店の融資課に勤務する銀行マンだ。大学卒業と同時に入行してからすでに七年、三十歳の独身である。趣味は「B級グルメの食べ歩き」と言えば聞こえはいいが、貧乏学生だった雄介が、安くて美味しい店を探し歩いているうち、いつの間にかそれが癖になり、今では隠れた名店を探すことがやめられなくなっただけなのだ。そんな雄介が、四月の人事異動で西麻布支店に配属になってから、そろそろ一ヶ月になろうとしていた。

その日、雄介が午前中の外まわりから戻ったのは、社員食堂が閉まる数分前だった。雄介は急いで食堂に入っていくと、

「すみません、遅くなりました。定食、まだ残ってますか?」

と調理場に向かって声をかけた。すると、白い帽子に白いマスク、さらに白い長靴をはいた、全身白づくめのおばちゃんが、奥から小走りに出てきた。

「はい、大丈夫ですよ。少しお待ちいただけますか」

愛想よくそう言うと、本日の日替わり定食、鶏のから揚げを作り始めた。

下味をつけた鶏肉に片栗粉をまぶし、余分な粉を落としてから油の中へそっと入れると、すぐに勢いよく油のはねる音が聞こえてきた。それから、サラダを盛りつけ、さらに、ガス台の上の鍋から、かぼちゃの煮物を小鉢に取り分けると、サラダといっしょにトレーに並べた。そこまでを手際よくこなしたところで、カウンターにいる雄介に向かって声をかけた。

「ご飯は大盛でいいですか?」

あまりの手際のよさに思わず見とれていた雄介は、急に声をかけられて驚いた。

「は、はい。お願いします」

雄介は慌てて答えた。

そして、おばちゃんはフライヤーの中から鶏のから揚げを引き上げると、キッチンペーパーの上で油を落として皿に盛りつけた。これで日替わり定食の完成である。

お腹をすかせた雄介は、急いで定食をテーブルに運ぶと、さっそく熱々のから揚げを一口食べてみた。

「う、うまい！」

雄介は思わず声を出した。普段から美味しいと思っていたが、今日のようなできたては想像以上に美味しかった。表面の衣は

カリッと香ばしく濃目に味つけされているのに、中身は適度な肉汁を含み、ふっくらとしている。口の中で噛んでいるうちに、ちょうどいい味加減になるのだ。高価な鶏肉が使えない場合は、どうしても肉の臭みが気になるものだが、これにそんな臭みはまったく感じられなかった。おそらく、下味に何か工夫をしているのだろう。雄介はそんなことを考えながら、定食を食べ終わると、食器をカウンターに持っていった。

「お客様、そのまま置いていってください。こちらで片づけますから」

先ほどのおばちゃんが声をかけてくれた。

「では、お願いします」

そう言ってカウンターの中を見ると、すでに厨房はきれいに片づけられ、おばちゃんはマスクも帽子も取って、明日の献立表を作っているところだった。その時、初めておばちゃんの顔を見た雄介は、「えっ!」と驚いてしまった。

勝手におばちゃんだと思い込んでいたが、その女性の顔は、おばちゃんと呼んでは気の毒なほど若く、上品に見えた。おそらく、雄介よりはいくつか年上だろうと思われた。雄介は驚いていることを気づかれないよう、

「さきほどは遅い時間に無理を言って申し訳ありませんでした。でも、今日のから揚

げは最高に美味しかったです。ごちそうさまでした」

さりげなくお礼を伝えると、その女性はわざわざカウンターまで出てきて、

「いつもありがとうございます。皆さんに喜んでいただければ何よりです」

と、笑顔でお辞儀をした。雄介は、すかさず、彼女の胸につけられたネームプレートをこっそり確認すると、そこには「西山《にしやま》」と書かれていた。

西山佐和子《さわこ》は、五年前にエンジニアだった夫の西山貴史《たかし》を亡くし、現在は中学一年生の息子と、佐和子の母親といっしょに実家で生活している。短大で栄養士の資格を取っていた佐和子は、夫を亡くしたあと企業や学校などに給食サービスを行う会社に就職し、一年前から西麻布支店の社員食堂を任されているのだ。もともと佐和子は短大の卒業時に希望していた栄養士としての就職先がなかなか見つからず、仕方なく普通のOLとして働いていたのである。そして、同じ職場の先輩だった貴史と二十四歳の時に結婚してからは、専業主婦として家事と子育てに追われる、平凡な日々を過ごしていたのだった。しかし、急な病気で貴史が亡くなってしまうと、佐和子は生活のために働かなくてはならなくなった。

そんな時、貴史がいつも佐和子の料理を褒めてくれたことを思い出し、料理で身を立てようとこの仕事に就いたのである。それに、社員食堂の仕事は朝が早いかわりに、夕方は早く帰れる。まだ子供が小さかった佐和子にとって、この仕事は条件がぴったりだった。

佐和子の主な仕事は、栄養士として献立を立てることだ。限られた予算の中で、栄養バランスだけでなく、料理としても楽しめる献立を作るために努力を惜しまなかった。そして、料理好きの佐和子は、実際の調理にもさまざまな工夫をしていた。佐和子が特にこだわっているのが、料理を出すタイミングである。たとえば、鶏のから揚げなどは、最初にまとめて揚げてしまうと、冷めた時に素材の悪さが強調されてしまう。だから、なるべく揚げたてに近い状態で食べられるように、小分けにして揚げているのだ。そのため、佐和子は社員食堂に入ってくる人数をいつも確認しながら、調理のタイミングを計っているのである。佐和子のやっていることは、決して楽な方法ではない。しかし、お客様から「美味しい」と言われることが、何よりうれしかったのだ。

金曜日の仕事帰り、雄介は三軒茶屋の駅前で恋人の木村真奈《きむらまな》を待っていた。真奈は家電メーカーに勤めるＯＬで、半年前の合コンで知り合ったのだ。当時、山梨県の甲府支店に勤務していた雄介が、たまたま東京の本部へ研修を受けに来ていた時、同期に誘われて飛び入り参加した合コンである。真奈はメンバーの中で一番若く、雄介の話すことに、コロコロとよく笑うかわいい女の子だった。真奈も話が上手な雄介に気持ちが惹かれていたので、二人が恋人になるまでそれほど時間はかからなかった。甲府の独身寮で色気のない生活をしていた雄介は、真奈に会えることが唯一の楽しみだったのである。その後、数ヶ月間は東京と甲府で遠距離恋愛をしていたが、四月に雄介が西麻布支店へ異動してからは、頻繁にデートをするようになっていった。そして、今夜は雄介のＢ級グルメリストの中でも二重丸がついている定食屋へ行くことにしている。マスコミの取材は一切お断り、という頑固な店主がやっている店だ。地元の人しか知らないため、雄介も外まわりの途中で道に迷わなければ、この店の存在を知ることはなかっただろう。

ここのおすすめは、なんと言っても魚の煮つけだ。白いご飯によく合う甘辛い味つけで、子持ちカレイやイサキなど、日によって使う魚もさまざまなのだ。そして、すべて手作りのサイドメニューにはキンピラ、おひたし、たたき牛蒡、ポテトサラダなどが日替わりで並んでいる。しかし残念なことに、店は夜八時に終わってしまうので、残業の多い雄介はほとんど間に合わないのだ。だから、今日はここで食事をするために、雄介は終業時刻の六時ぴったりに銀行を飛び出してきたのだった。

それなのに、真奈は約束の時間になってもあらわれない。雄介は少し焦りはじめていた。そして、約束の時間を二十分以上過ぎた頃になって、やっと真奈がやってきた。

「ごめんね、予定していた地下鉄に乗り遅れちゃって」

小走りに駆け寄ってきた真奈は、薄手のワンピースにハイヒールといったデートファッションである。雄介は、内心やれやれと思ったが顔には出さなかった。

「昨夜も言ったけど、今日の店はあんまり綺麗じゃないよ、大丈夫?」

雄介は、これから行く店の、決して上品とは言えない店内を思うと、あとから文句を言われたくないので、つい確認したくなった。

「うん、平気。定食屋さんって初めてだから、とっても楽しみ」

真奈は上機嫌である。

店は相変わらずサラリーマンや学生で混んでいたが、ちょうど、隅のテーブルが空いたところだったので、待たずに座ることができた。雄介が魚の煮つけ、漬物、そぼろ大根などを注文するあいだ、真奈は興味津々《しんしん》といった感じで店内を眺めていた。しかし、どう見てもこの店の中で真奈のファッションは場違いな雰囲気を醸し出しているのに、他の客は誰もそんなことには目もくれず、黙々と箸を動かし、目の前の料理を味わっているのである。雄介は、内心ほっとしながらも、頑張っておしゃれしてきた真奈を少しかわいそうに感じるのだった。しばらくして、雄介が食事をしながら店の奥に目をやると、調理場の中に見覚えのある顔が目に入ってきた。

(あれっ、食堂の西山さん?)

そこには、数日前、社員食堂で鶏のから揚げを作ってくれた佐和子の姿があったのだ。佐和子は髪を後ろで結び、ポロシャツに普通のエプロンをしている。雄介は社員食堂の白衣を着た姿しか知らなかったので、席に座ったまま、何度も調理場のほうに目をやって佐和子の顔を確かめた。

「西山さんは、ここの人だったのか。どうりで、うちの社員食堂が美味しいわけだ」

雄介は、独り言を言いながら納得していた。すると、

「ねぇ、雄介ったら、聞いているの?」

という声にはっとして、雄介は真奈のほうを向いた。雄介は佐和子に気を取られていて、真奈が話しかけていることに全く気づかなかったのだ。

「な、何？　ごめん、聞いてなかった」

「なんだかこのお店、煙がすごい。服が臭くなりそうだから、早くここ出ましょうよ」

真奈の顔からは、さっきまでの上機嫌もすっかり影をひそめていた。そう言われてみれば、店内は焼き魚の煙が充満している。しかし、定食屋ではこれが当たり前なのだと雄介は思っていた。それでも、真奈のように定食屋に慣れていない女の子なら仕方のないことだと、雄介は理解していた。だが、真奈の前に置かれた皿の中を見て驚いた。魚がほとんど残っているのである。

「真奈、全然、食べてないじゃないか。魚は嫌いだっけ？」

「え？　食べたよ。とっても美味しかったよ」

「でも、魚の身が、まだたくさん残ってるじゃないか」

「だって、あとは骨のところで食べにくいし、面倒くさいから、もういいの」

真奈の言葉に、雄介は一瞬ムッとなった。煙のことに文句を言ってもいいが、魚を最後まで食べないヤツは許せないのだ。だが、女の子に魚の食べ方を説教すると、必ず喧嘩になることを過去の苦い経験から雄介は知っていた。

「わかったよ。じゃ、次は軽く飲みに行くか」

そう言って、雄介は言いたいことをグッとこらえ、伝票を持って立ち上がった。しかし心の中では（もう二度と真奈を定食屋に連れて来ないぞ）と、誓ったのだった。


その次の週、雄介は取引先での会議が長引いたため、そのまま帰宅することになった。取引先の会社から外に出てみると、あたりはすっかり暗くなっていて、雄介のおなかも晩ごはんの頃合だった。そこで、雄介はこの近所にある、評判の洋食屋へ寄っていくことにしたのである。金曜日は、せっかく楽しみにしていた料理だったが、真奈を連れていったせいで、あまり食べた気がしなかったのだ。その埋め合わせとして、今日は一人で美味しいものを食べに行こうと思ったのだ。カニコロッケの美味しい店として評判が高く、雄介も前々から興味を持っていた店がこの近くにあるはずだった。住所を頼りに行ってみると、その店は閑静な住宅街の中に、そこだけポッと明かりを灯したように立っていた。自宅の庭に増築したその店は、ログハウス風の外観で、四人用のテーブルが一つとカウンターだけのこぢんまりとした雰囲気だった。雄介はカウンター席に腰をおろし、お目当てのカニコロッケを注文した。

雄介が料理を待っていると、カウンターの奥にある調理場から話し声が聞こえてきた。

「サワちゃん、これ、カウンターの冷蔵庫に入れてきてくれ」

この店のオーナーシェフと思われる男性の声がした。そして、

「はい、これですね」

と、それに答える女性の声とともに、大きめのボウルを抱えてカウンターに出てきたのは、なんと佐和子だった。カウンターに座っていた雄介は、佐和子と真正面から目が合った。

「あら？」

「あれ？」

雄介と佐和子はお互いに驚いて声を上げた。しかし、佐和子はすぐに、

「こんばんは、あおば銀行の方ですよね？」

と声をかけてきた。雄介は、立ち上がって挨拶した。

「はい、融資課の樋口です。こんばんは」

ちょうどその時、この店の奥さんが雄介の注文した料理を持ってカウンターにやってきた。

「あら、こちらサワちゃんのお知り合いだったの？」

「いえ、私が社員食堂でお世話になっている銀行の方なんです」

「はい。あおば銀行の樋口と申します」

雄介は、店の奥さんにも挨拶をした。

「まあ、そうでしたか。サワちゃんに男性のお客様なんて珍しいから、私はてっきり彼氏かと思っちゃって……。これは、失礼いたしました。樋口さん、どうぞごゆっくり」

奥さんは、少しはしゃいだようにそう言うと、雄介の前に料理を並べてからレジへ戻っていった。奥さんが行ってしまうと、雄介は小さな声で佐和子に聞いた。

「あのう、サワちゃんって西山さんのことですか？」

そう言われて、佐和子はまだ雄介に名乗っていなかったことを思い出した。

「あら、申し訳ありません。ご挨拶がすっかり遅くなりました。私、セントラル給食サービスの西山佐和子と申します」

佐和子は明るく笑顔で挨拶をした。社員食堂ではマスクに隠れてしまう笑顔だ。

その時、ちょうど調理場から佐和子を呼ぶ声がした。

「サワちゃん、カニコロッケ揚がったよ」

「はあい」

佐和子は返事をすると、雄介に軽く会釈をして調理場に戻ってしまった。雄介は、なぜ佐和子が社員食堂だけでなく、定食屋とこの洋食屋で働いているのか知りたかったが、立ち入ったことを聞くようで躊躇していた。

カニコロッケは評判どおりだった。中身はバターをたっぷり使ったマッシュポテトにカニを混ぜたもので、中はホクホク、衣はサクッと香ばしかった。大きさも普通サイズの倍はありそうだ。それに、ソースも自家製なので野菜の甘みがよくきいていた。雄介は夢中になって、カニコロッケ、ライス、スープを平らげた。

雄介が食後のコーヒーを飲んでいると、仕事を終えた佐和子が帰り支度を整えてホールに出てきた。

「樋口さん、私はもう時間なのでこれで失礼しますが、どうぞ、ごゆっくり召し上がっていってくださいね」

そう言うと、奥さんとオーナーに挨拶して佐和子は帰っていった。雄介は、どうもと頭を下げ、佐和子が帰るのを見送った。しかし、佐和子が出ていってしまうと、急に先ほどの疑問が頭に浮かんできた。

（そうだ、西山さんに聞きたいことがあったんだ）

こうなると、雄介はいても立ってもいられなくなり、急いで佐和子のあとを追うことにした。


店の奥さんに変だと思われないよう、さりげなく会計をすませ外へ出ると、雄介は駅に向かって一目散に走りだした。初夏とはいっても、まだ夜は肌寒い季節、それでも満腹のまま走る雄介は、途中で背広を脱ぎたくなった。なんとか駅の手前で佐和子に追いついた雄介は、ゼイゼイと息を切らせながら佐和子に声をかけた。

「西山さん、待ってください」

突然、後ろから声をかけられた佐和子は、びっくりして振り向いた。

「あら、樋口さん。どうなさったんですか？」

佐和子は苦しそうにしている雄介を見て、戸惑いながら声をかけた。

雄介はネクタイを緩め、ワイシャツの首のボタンを外すと息が少し楽になってきた。

そして、雄介は額の汗を拭きながら単刀直入に佐和子に尋ねたのだ。

「あのう、先週の金曜日、三軒茶屋の定食屋にいませんでしたか？」

それを聞いた佐和子は、さらに戸惑った表情になった。

「ええ、あそこでもアルバイトをしているので。でも、なぜそんなことを？」

佐和子は怪訝な顔で雄介を見つめ返した。

「僕は前からあそこの魚料理が好きで、ときどき行くんです。実は、あの日も食事をしにいったら、調理場に西山さんによく似た人がいたので、もしかしたらって」

そう話す雄介の明るい態度に、佐和子の警戒心は少し薄らいでいった。

「そうでしたか、変なところを見られちゃいましたね。社員食堂の仕事のほかに、アルバイトをしているんです。あっ、もちろん会社にはちゃんと許可をもらっています。隠れてやっているわけではないですよ」

そして、佐和子と雄介は並んで歩きだした。

「アルバイトだったんですね。僕はすっかり、西山さんがあのお店のご家族だと思ってました」

「ただのアルバイトです。どちらのお店にも、覚えたい料理があるので、私のほうから無理を言って働かせてもらってるんです」

「それじゃあ、料理の勉強のためにアルバイトをしているんですか。うちの食堂がそのへんの料理屋より美味しいのは、そのためなんですね。西山さんが作る日替わり定食は最高ですからね」

雄介は佐和子の横を歩きながら、素直な感想を伝えた。

「お世辞でも、そんなふうに言っていただくと、嬉しいです」

「本当にそう思ってますよ。西山さんなら、ご自分でお店を出されても、絶対に繁盛すると思うけどなぁ」

雄介は、ふと思いついたことを口にしていた。しかし、佐和子はその場に立ち止まり、

「本当にそう思いますか？」

と、確かめるような目で雄介を見た。

「もしかして、西山さん、お店を出そうと思ってるんですか？」

雄介は佐和子の気持ちを先回りして聞いてみた。すると佐和子は、恥ずかしそうな顔になった。

「ええ、すぐには無理ですけど、いつかは、そうできたらって……。でも、まったく現実味はないんですけどね」

佐和子は少しためらいながら、言い訳するかのように言うのだった。

しかし、佐和子の気持ちを聞いた雄介は、

（もし、西山さんがお店を持ったら、どんな感じだろう）

と、佐和子が自分の店を持っている姿を想像してみた。そう思ってみると、佐和子は人当たりもいいし、それに何より料理が上手い。料理屋の女将には、ぴったりの女性だと思えたのだ。そして雄介は、

「いつかは、なんて言っていたらだめですよ。具体的に計画を立てて頑張りましょう。できることがあれば、僕もお手伝いしますから」

と、なぜか、自分のことのようにワクワクしてきたのである。隠れた名店を探すのも面白いが、名店と言われるような料理屋を作ることは、もっと面白いだろうと考えたのだった。

勝手に一人で盛り上がっている雄介を、佐和子はあっけにとられて見つめていた。

その夜、佐和子は家に帰ってからも、雄介の言葉を思い出してはため息をついていた。佐和子は、自分なりに努力しているつもりだった。しかし、雄介が言うような具体的に計画を立てることを、これまでやってこなかった。なぜなら、お店を持ちたいと思いながらも、心のどこかで自分には無理だと諦めているからだった。それなのに、料理の勉強だけは漠然と続けている。まったく中途半端な状態だった。今夜、雄介の言葉にほんの少し勇気づけられた佐和子は、本当にお店を持ちたいと思うなら、そろそろ実行に移す時なのかもしれないと感じていた。でも、いったいどうすればいいのか。佐和子の迷いは膨らむ一方であった。

数日後、雄介が社員食堂に入ってきたのは、午後一時過ぎだった。その頃になると、食堂は混雑のピークも終わり、カウンターの近くに他の行員はいない。佐和子は思い切って雄介に聞いてみることにした。

「先日はありがとうございました。それで、あの時おっしゃっていたことで、少し質問してもいいですか?」

　カウンター越しに料理を手渡しながら、佐和子は雄介に声をかけた。

「ええ、どうぞ、なんでも聞いてください。どんなことですか?」

　雄介はにこやかに、答えた。

「はい、お恥ずかしいのですが、お店を持つための具体的な計画って、どうしたらいいのかと思いまして」

　佐和子は上手い言い方が見つからず、ドキドキしながらそう尋ねた。

「そうですか、わかりました。僕でよかったら相談に乗らせてください。今日は何時までお仕事ですか?」

　佐和子と雄介はその日の夜、銀行の近くにある喫茶店で会うことにした。


　午後七時、待ち合わせた喫茶店に雄介が到着すると、すでに佐和子は緊張した様子で座っていた。早速、雄介は持参したノートパソコンを開いて準備を整えると、緊張している佐和子に明るく声をかけた。

「あんまり、難しく考えなくても大丈夫です。まずは、西山さんが考えているお店のイメージから話してください」

そう言われても、佐和子は言葉がなかなか出てこなかった。頭の中には漠然としたイメージがあっても、それを誰かに伝えることが、こんなに難しいとは思ってもいなかったのだ。しかし、雄介がじっくりと話に耳を傾けてくれたので、佐和子も慎重に言葉を選びながら話しはじめた。

佐和子がやりたい店は、家庭料理をメインとした定食屋兼惣菜屋といったものだった。コロッケやハンバーグ、ポテトサラダといった定番メニューのほかに、日替わりで旬の魚や野菜を使った料理も用意する。また、それらの料理を持ち帰り用の惣菜や弁当としても販売するのだ。これは、佐和子自身のワーキングマザーとしての経験から、「美味しくて安全な惣菜」を販売することで忙しい女性を助けたいという思いがあった。店内のインテリアは、誰でも気軽に入れるような、シンプルで清潔なダイニングルームをイメージしていた。

続けて、資金について確認すると、佐和子はこれまで会社からもらった給料のほとんどを、開店資金として貯金していたのだ。佐和子と息子の生活費は、夫の遺族年金でまかなっていたのである。生命保険会社から保険金も受け取ったが、子供の進学や結婚の費用、それに自分の老後のために手をつけないようにしているのだ。そうなると、佐和子が働いて貯めた五年分の貯金で、なんとかやりくりしなくてはならない。

雄介は電卓をたたいて計算していた。

「お店の敷金や家賃、内装費や調理器具、食器の購入なんかで、ざっと、こんなもんか、あとは、初期の運転資金として半年分ぐらいは必要かな」

「あの、運転資金ってなんですか?」

佐和子は、初めて耳にした言葉を雄介に聞いてみた。

「はい、お店をオープンさせたとしても、最初からお客さんが来るとは限らないですよね。だから、売り上げが少ない月でも、家賃や仕入の代金を支払っていくための資金です。半年分ぐらいは最低限持っていないと不安ですよね」

そう言われて、お店さえ作ればいいと思っていた佐和子は、だんだん不安になってきた。

「私の貯金だけではやっぱり無理なのでしょうか?」

佐和子は少し弱気になった。

「何を言ってるんですか。ここまで貯金していたなんて、すごいですよ。西山さん、もっと自信を持ってください。やる前から諦めてどうするんですか」

佐和子は、十歳近く年下の雄介に励まされていた。そして、

「そ、そうですよね。はい、頑張ります」

と、いつのまにか雄介のペースに巻き込まれているのだった。

「そうだ、西山さんのイメージとよく似た店を知っています。そこも、惣菜屋と定食屋がいっしょになっていて、地元では有名なんですよ。今度、勉強がてら、食事に行きませんか？」

雄介は自分のことのようにはしゃいでいた。


それから数日後、仕事帰りに雄介が連れていってくれた店は、言われたとおり佐和子のイメージに近いものだった。

店に入るとすぐにおいしそうな惣菜の並んだショーケースが目に飛び込んでくる。持ち帰り客の惣菜や弁当の注文は、ここで受けられるようになっているのだ。そして、ショーケースのとなりから店の奥まで続くカウンターテーブルは、一人分のスペースがかなり広めに取ってあるので、カウンターとはいえ、ゆったり食事ができそうだっ

た。カウンターの中は、ショーケースのところまで続いた調理場になっているので、料理をしながらカウンター越しに店内の様子を見たり、惣菜の販売もできるような効率的な設計になっていた。

カウンターには五人分の席があり、その反対側には四人がけのテーブルが二つ置かれている。働いている人は、その店の奥さんと娘さんと思われる、初老の女性と佐和子より少し若い女性の二人だけだった。雄介はお品書きを見ながら、佐和子に説明した。

「ここの名物は、豚の角煮なんです。定食やおつまみのほか、どんぶりにもしてくれるんです。何日もかけてトロトロになるまで煮込んでいるので、これは絶品ですよ」

佐和子は、単品で『豚の角煮』『きんぴらごぼう』『三つ葉とササミのからし和え』をそれぞれ注文して味を確認してみた。どれも、手作りの優しい味わいがして気持ちがほっとしてくる。

「どの料理も、丁寧に作られた味がしますね。これならリピーターが増えるのもわかる気がします」

そう言いながら、佐和子は料理を口に入れると静かに箸を置いた。そして、いきなり目を閉じ背筋を伸ばすと、口の中にある料理を分析しはじめたのである。

　これは、佐和子が美味しいものを食べた時、いつもやってしまう癖なのだ。舌の上で料理をゆっくりと転がしながら、そこに使われている調味料や調理方法を推理するのである。そして、舌に味の記憶を焼きつけ、後日、自分で同じものを作った時、上手く再現できれば佐和子のレパートリーに加わることになるのだった。

　佐和子は、夢中で分析をしていたので、目の前にいる雄介のことなどすっかり忘れているようだった。

「あ、あの、西山さん。大丈夫ですか？」

　雄介の声で佐和子は我に返って目を開けた。そして、不思議そうにこっちを見ている雄介の顔を見た佐和子は、

（やだっ、またやっちゃった）

　と思った途端、顔がカーッと赤くなり、心臓がドキドキしてきた。

「ごめんなさい、大丈夫です。変なところをお見せしてしまって。あの、だから、えーっと、ここのお料理があんまり美味しいから、その、つい……」

　と、しどろもどろになった。

しかし、突然の出来事に驚いていた雄介も、佐和子から理由を聞くと思わず吹き出してしまったのである。そして、この意外な癖のおかげで、雄介と佐和子は、急速にお互いを親しく感じるようになっていった。

食事のあと、雄介は佐和子をタクシーで自宅まで送っていった。佐和子が中学一年生の息子と母親と三人で暮らしているその家は大通りを外れた一角にあった。佐和子は、大通りでタクシーを止めると、「実家は少し奥まっていますので、ここで結構です」とタクシーを降りようとした。すると、雄介も一緒に降りてきて、そのままタクシーを待たせると、佐和子を家まで送り届けようと並んで歩きだした。そこから数メートル奥に進んだところで佐和子は立ち止まると、雄介に向き合った。

「樋口さん、今日はいいお店を教えていただき、ありがとうございました。それに、わざわざ送っていただいて、本当になんとお礼を申し上げたらいいのか」

そう言った佐和子の後ろには、「吉田」と書かれた年季の入った表札の隣に「ＮＩＳＨＩＹＡＭＡ」と書かれたプレートのかかっている門があった。門燈にはまだ明かりがつけられていて、佐和子の帰りを待っているようだった。

「いえ、ちょうど方向も一緒だったし、気にしないでください。それより、またお誘いしてもいいですか？　他にも、西山さんの参考にしていただきたいお店がたくさんあるんです」

雄介は、料理を分析してしまう佐和子の変な癖も、まったく気にしていなかった。それどころか、真剣に味わってくれる佐和子に、もっと自分が知っている店を紹介したくなったのである。


二人が家の前で話していると、その声を聞いて玄関から母親の富江《とみえ》が顔を出した。

「佐和子、帰ったのかい？　あら、こちらは？」

そして、富江は雄介に気づくと、慌てて門扉のところまで出てきた。

「お母さん、あおば銀行の樋口さん。送ってくださったの」

佐和子が急いで説明した。すると、

「佐和子ったら、わざわざお送りいただいて、こんな場所ではなんですから、どうぞ、中でお茶でも召し上がっていってください」

そう言って、富江はさっさとお茶の準備のために中に入ってしまった。

「お母さんたら、樋口さんにご迷惑よ」

佐和子はそう言ってたしなめようとしたが、富江はすでに家の中だった。しかし、人見知りしない性格の雄介は、嫌な顔もせず、

「それじゃ、少しだけお邪魔させていただきます」

そう言うと、タクシーを断るため通りに戻っていった。


佐和子と富江がお茶の用意をする間、雄介は応接間でソファーに座っていた。一人で部屋に残された雄介が、手持ち無沙汰になってキョロキョロしていると、壁際のサイドボードの上に、亡くなった佐和子の夫の写真が飾られていることに気がついた。佐和子の夫が数年前に亡くなったことは聞いていたが、実際に写真を目にすると、なぜかやりきれない気持ちになってくる。同じ男として、仕事や家族への思いを残したまま死ななければならない悔しさは、いったいどんなものなのだろうと考えてしまうのだ。

その時、応接間のドアが勢いよく開いた。雄介は驚いてドアのほうを見ると、紺色

のジャージを着た、中学生ぐらいの男の子が立っていた。誰もいないと思ってドアを開けたのだろう。その男の子も、驚いたように、

「あれっ、お客様だ」

と、ドアノブを持ったまま、中に入ることをためらっている。

雄介は、すぐに佐和子の息子だとわかった。彼の目元が、写真の中で見た父親にそっくりだったからだ。

「こんばんは、お邪魔しています。僕のことなら気にせずにどうぞ」

「じゃあ、ちょっとそこのゲームを取らせてもらいます」

男の子は入ってくると、テレビの置いてある棚の前でゲームソフトを選びはじめた。

（やっぱり、今時の中学生はゲームが好きなんだな）

雄介は後ろ姿を眺めながら、そう思った。そこに、紅茶とクッキーを載せたお盆を持った佐和子と富江が入ってきた。

「あら、圭太《けいた》、ここにいたの。お客様にご挨拶した？」

佐和子が母親らしい口調で圭太に言った。すると、圭太は慌てて振り返って、雄介のほうを向いてペコリとお辞儀をした。

「こんばんは、息子の圭太です」

「あおば銀行の樋口雄介です。西山さんには、社員食堂でいつもお世話になっています」

雄介も立ち上がって、圭太と富江に向かって挨拶をした。自己紹介をすませると、その場にいた全員の緊張がほぐれ、すぐに和やかな雰囲気となった。佐和子は、楽しくお茶を飲んでいる間、夫の貴史が生きていた頃には、同僚や後輩がよく自宅に遊びにきていたことを懐かしく思い出していたのであった。

雄介が佐和子の家から帰る時、佐和子と圭太が大通りまで一緒についてきて、タクシーが走りだすまで見送ってくれた。車の外からバイバイと小さく手を振る圭太に、雄介も窓を開けて笑顔で手を振りかえした。一人暮らしの長い雄介にとって、こんな家庭的な団欒は久しぶりだった。雄介は、帰りのタクシーの中でほのぼのとした余韻を楽しんでいたのである。しかし、アパートに戻って一人になると、佐和子の家の応接間にあった夫の写真がなぜか思い出された。もし生きていれば、彼はあの家族の中心にいるはずだったのだ。佐和子や圭太の笑顔の奥には、大きな悲しみがあることを思うと、今さらながら切ない気持ちになるのだった。

木村真奈は、最近、雄介の様子が少し変だと感じていた。真奈が知っている雄介は、自分からなんでも（といっても、食べ物の話ばかりだけど……）話してくれる、隠し事のない理想の恋人だった。真奈には興味のない話だったとしても、雄介が楽しそうにしゃべっている顔を見るだけで満足できた。それに、デートで食事に行く時は、いつも雄介がお店を選んでくれて、そのお店のことをいろいろと説明してくれるのだった。真奈は、雄介のそんな強引でマイペースなところに惹かれていたのである。今までまわりにいた男性は、真奈の顔色をうかがうだけの軟弱なタイプばかりで、もう飽き飽きしていたのだった。しかし、最近の雄介はめっきり口数が減り、真奈のおしゃべりを聞いているだけで、自分からはほとんど話してくれなくなっていた。それでも、笑顔で話を聞きながら、ちゃんと相槌も打ってくれるし、優しい態度は前と変わっていないように見える。でも、最近二人で食事に行くお店が、女性雑誌で紹介されるようなおしゃれなレストランばかりになってきたのだ。今までの雄介なら、そんな見た目だけのお店を選ぶことはなかったはずなのに。真奈は昔から食べ物の好き嫌いが多く、食事をしなくてもスナック菓子やケーキがあれば、まったく平気な性質だった。

だから、雄介が楽しそうに料理の話をしても、ニコニコと相槌を打っているだけで、正直なところあまり興味は感じられなかったのである。しかし、真奈にとっては歓迎すべき雄介の変化も、なんとなく不吉な予感がするのである。真奈のためを思ってのことか、それとも誰か他に……と、気が気ではないのだった。

　喧嘩をしたわけでもないのに、急に雄介の様子が変わったことに不安を感じた真奈は、雄介の同僚の森崎《もりさき》信二《しんじ》に、それとなく探りを入れてみることを思い立った。

　信二は、真奈と雄介が出会った合コンに、雄介といっしょに参加していたメンバーだ。雄介と真奈がつき合うことになってからも、何度か顔を合わせたことがある間柄だった。

　信二は雄介よりも銀行の一年先輩で、同じ西麻布支店に勤務している。B級グルメを自称している雄介とは違い、信二は表向き高級グルメ志向でとおしていた。ただし、これはあくまでも信二が接待用として身につけたもので、本当は雄介と同じく、肩肘の張らない店で飲んだり食べたりするのが大好きなのだ。そんな雄介と信二は自然とウマが合うのだった。

さっそく、真奈は信二を会社帰りに呼びだした。銀行の近くでは雄介に見つかってしまうことも考え、少し離れた渋谷のコーヒーショップで会うことにした。

「最近、雄介の様子が変なんです。連絡をくれる回数も減ったし、それに、会っていても、自分からあまり話さなくなっちゃって……」

真奈は、悲しそうな顔をあえて見せることで、信二から何か聞きだせないかとチャンスをうかがっているのだった。信二は困ったようにコーヒーの入った紙コップを手に持ったまま、少し考えていた。

「う〜ん、俺が見ている限りでは、変わったそぶりはないけどなぁ」

「でも、なんだか、二人でいても心ここにあらずって感じだし、私のことなんて、全然、目に入ってないっていうか」

「もしかして、真奈ちゃんは雄介が浮気してるんじゃないかって疑ってるの?」

真奈は自慢の大きな目で信二を見つめ、うなずいた。

「だって、雄介が何を考えているのか、よくわからなくて。森崎さんなら、雄介から何か聞いているんじゃないかと……お願い！　森崎さん。私、森崎さん以外に頼れる人がいないんです」

真奈は、同情をひくように、胸の前で手を合わせ、今にも泣き出しそうな口調で訴えた。信二はそんな真奈を前にして、少しうろたえていたのである。

（なんだよ、雄介のやつ、いったい、どうなってるんだ）

信二は昔からこの手の相談が苦手なのだ。相手が男なら、「メソメソするな！」と言ってやるところだが、相手が真奈ではそれもできない。

それに、この場にいない雄介のことをあれこれ詮索するのも男らしくない気がした。

「わかったよ。近いうち、雄介にそれとなく聞いてみるから。それで、いいかな？」

信二は、早く話を打ち切りたくて焦っていた。真奈は、そんな信二に腹が立ってきたが、そこはグッとこらえることにした。とりあえず、何もしないよりはマシである。

「森崎さん、本当にお願いします。明日にでも聞いてみてくださいね」

真奈は信二に何度も念を押した。

そして、信二と真奈がコーヒーショップを出て、並んで京王線の改札口に向かって歩いていると、急に信二が立ち止まった。

「どうかしましたか？」

横を歩いていた真奈が信二の顔を見上げると、信二は少し離れた場所を見つめている。真奈がその視線の先を追うと、そこには改札口に入っていこうとする雄介の姿があった。

「あっ、雄介だ！」

真奈はとっさに身を隠そうとした。しかし、雄介は一人ではなかったのである。自動改札を抜けた雄介が、あとから改札を通ってきた女性と並んで楽しそうに歩きだしたのだ。真奈はホームの人混みに遮られて、二人の姿をしっかり見ることはできなかったが、その女性が雄介よりも年上であることは服装や雰囲気から判断できた。

「まさか、西山さん？」

その時、信二がポツリと言った。

すると、いきなり真奈は信二の腕をつかんで走りだした。

「とにかく、あとをつけなくちゃ」


真奈と信二に見られていることも知らず、雄介と佐和子は座席に並んで楽しそうに話をしていた。少し離れた場所から二人を観察していた真奈は、

（あんなに楽しそうな顔、私にはしてくれないのに）

と、イライラしながら信二に話しかけた。

「何、話してるのかしら。森崎さん、あの人も、銀行の方ですか?」

「銀行のっていうか、うちの社員食堂で栄養士をやってる西山さんだよ」

そんな信二の説明を聞いても、

(なんで、社員食堂の栄養士とあんなに仲いいのかしら、やっぱり怪しい……)

真奈の疑問は深まるばかりだった。

「雄介よりずいぶん年上みたいですけど、もう、ご結婚されているんでしょ?」

「ああ、でも、数年前にご主人を亡くされたって聞いたけどなぁ」

信二はうかつにも、余計なことを言ってしまった。

「へぇ、今は独身ってことですか」

真奈は、明らかに疑っている口調だった。

「いや、だから、ありえないって。年だって違うし……そうだ、きっと何か用事があってどこかに行こうとしているだけだよ」

信二は必死に雄介をかばおうとしたが、もう遅かった。真奈は怒りに燃えた目で信二を睨みながら、

「こんな時間に、どんな用事があるっていうのよ！」

と、鼻息荒く言い返した。

その時、雄介と佐和子が座席から立ち上がった。どうやら、次の下北沢で降りるらしい。真奈と信二は、二人が下北沢で降りるのを待ってから、自分たちもホームに降りた。そして真奈は、気の進まない信二を引っ張るようにして、そのままあとをつけていった。

雄介は真奈に尾行されているとも知らず、佐和子に向かって嬉しそうに話しかけていた。そして、二人は駅から少し離れた路地裏にある古びた洋食屋に入っていったのである。

まるで、昭和のまま時が止まったようなその店は、信二も来たことのある店だった。ずいぶん前に、雄介から「すごく美味しいハヤシライスの店があるんです」と誘われて食べにきたことがあったのだ。そして信二は、その店が、雄介にとって特別な場所であることも知っていた。ここは、雄介が東京に出て来て、初めてB級グルメに興味を持つきっかけとなった店なのだ。

「この店は、特別なんです。だから、ちゃんと分かってくれる人しか連れて来ないことにしてるんですよ」

雄介はたしかにそう言っていた。信二は雄介にそう言われて嬉しかったことを、今でも覚えているのだ。だから、そんな雄介が西山佐和子をこの店に連れて来たことに少し驚いていた。

「真奈ちゃんはこの店に来たことある？」

と、信二は、確かめるように真奈に聞いてみた。

「こんな店、知らないわ」

真奈は何も知らずに、あっさり答えた。

信二は、雄介を追って店に入っていこうとする真奈を押しとどめ、自分が必ず雄介に聞いてみるからと約束してその場を離れたのだ。


翌日、雄介は信二に誘われて職場の近くにある居酒屋へ飲みに行くことになった。二人は仕事の話をしながら飲んでいたが、突然、信二が真面目な顔をして切り出した。

「あのなぁ、雄介に聞きたいことがあるんだ。俺は、別に詮索する気はないが、これだけは、確認させてくれないか。昨夜、仕事のあと、何してた？」

　雄介は、信二の表情から何か気まずいものを感じたが、特に隠す必要もないので正直に答えた。

「昨夜は、知り合いと下北沢に食事をしに行きました」

「知り合いって、西山さんのことか？」

「あれっ、先輩も西山さんをご存じでしたか。そうなんです、食堂の西山さんに、あの店のハヤシライスを食べてもらったんですけど、思ったとおり、気に入ってくれました」

　と、無邪気に笑う雄介を見ていると、信二は拍子抜けしてしまった。しかし、真奈との約束もあるので、質問を続けた。

「それで、雄介はなんで西山さんと食事に行くことになったんだ？」

「なんでって、先輩こそ、なんでそんなこと聞くんですか？　もしかして、出入り業者の人と個人的に会ったらマズかったですか？」

　そんな、的外れな雄介との会話に、信二はその先の言葉が見つからず、つい、

「そうじゃなくて、真奈ちゃんが、心配してるからさ」

　と、思わず白状してしまった。信二は、こうなったら下手に言い訳せず正直に話す

しかないと思った。そして、真奈から相談されたことや、偶然、雄介と佐和子を見かけて、あとをつけたことまで、すべて雄介に話したのである。

「コソコソ尾行なんてして、本当にすまなかった」

信二はそう言うと、居酒屋のテーブルに両手をついて謝った。

雄介は、信二の話に驚きはしたが腹は立たなかった。それよりも、自分のせいで先輩の信二にまで迷惑をかけたことを申し訳なく感じていた。それと同時に、自分が真奈に対して、前ほど好意的になれないことにも気づいていた。それまで、甲府と東京に離れていることで気づかなかったお互いのズレを、なんとなく感じるようになったのである。とはいえ、真奈のことと、佐和子のことはまったく別の話なのだ。

「先輩、ご迷惑をおかけして、本当に申し訳ありませんでした。真奈には僕から説明しますが、先輩にもちゃんと話させてください」

雄介は信二に迷惑をかけたことを謝りながら、佐和子とのいきさつを信二に話したのだった。

「そうか、西山さんの独立を手伝ってるのか。それならいいけど、たまには真奈ちゃんにも優しくしてやれよ、最近、冷たいって悩んでたからさ」

信二は、雄介が浮気をしていなかったことに安心したが、それでも、佐和子に対する雄介の態度には、何か特別なものを感じていた。

佐和子は、雄介と会うことが楽しくなっていた。雄介と一緒にいると、嫌なことを忘れることができるのだ。雄介の明るさや、人なつっこさは相手の警戒心を解いてしまうのだろう。佐和子は、弟ができたみたいな気分になって、よく食べ、よく笑うようになっていた。しかし、そんな佐和子の気持ちの変化を、同居している母親の富江が見逃してはいなかった。

ある夜、夕食が終わり、圭太がデザートのアイスクリームを片手に二階の部屋へあがっていってしまうと、富江は台所にいた佐和子を茶の間も兼ねているダイニングルームへ呼んだ。

「なぁに、お母さん」

エプロンで手を拭きながら佐和子は、富江の前に座った。

「最近、銀行の樋口さんと出かけることが多いようだけど、樋口さんはどういうつもりで佐和子を誘ってくださるのかしら?」

その口調から、富江は二人を疑っているようだった。

「どういうつもりって、別に変な関係じゃないわよ。前にも言ったけど、私が食堂をやりたいって言ったら、樋口さんが参考になりそうなお店をいろいろ教えてくださるの。ただ、それだけよ」

そう言いながら、佐和子はドキドキしていた。富江がこんなことを聞いてくるのは、自分の様子がおかしいからなのだと、佐和子は思った。

「それならいいんだけど。佐和子とは年齢が違いすぎるし、まさか、とは思うけど。それに、あなただって、もうあんな思いはしたくないはずよ」

几帳面な富江らしい、歯に衣着せぬ言い方であった。

「お母さんたら、そんなこと、言われなくてもわかってるわ」

「そう、だったらいいのよ。でもね、もう圭太だって子供じゃないんだし、くれぐれも軽はずみなことはしないでね」

富江は言いたいことだけ言うと、そそくさと自分の部屋へ戻ってしまった。佐和子は、富江がここまで神経質になってしまう気持ちが痛いほどわかるので、何も言い返せなかったのである。

富江に言われて、佐和子は忘れかけていた三年前のことを思い出した。

それは、ちょうど貴史の三回忌が終わった頃だった。貴史の部下だった中根博之《なかねひろゆき》は佐和子と同期入社した友人でもあった。その中根が、貴史の死後、何かと佐和子を気遣ってくれたのである。そんな気心の知れた間柄に、佐和子も心細い時期だったこともあり、ある時、二人は人には言えないような関係になってしまったのだ。佐和子にしたら、いろいろと親身になって相談にのってくれる中根と、たった一度きり、誰にも知られないはずの関係だった。なぜなら、中根には妻がいたのである。

しかし、中根は何を思ったのか、佐和子と一緒になりたいと、妻に離婚を切り出してしまったのだ。妻のほうは、いきなり夫に離婚を言い出されたことに、どうしても納得できず、夫が佐和子にダマされているのだと頭から決めつけていた。そして、妻は中根の両親と連れ立って、佐和子の家に乗り込んできたのである。

これには、佐和子も富江も驚いて、ただ、頭を下げることしかできなかった。しかし、妻の怒りは収まらず、中根本人はもとより、今後は会社関係の誰とも会わないことを約束させられたのだった。それでも、あきらめきれない中根は、その後、何度も佐和子に連絡を入れてきた。しかし、佐和子はそのたびに中根を避け続けてきたのである。

もともと佐和子は、中根とのことは一度きりと決めていた。熱が冷めてしまえば、精神的に不安定だったとはいえ、中根を頼ってしまったことを恥じていたのだ。しかし、たった一度のことで、中根が佐和子といっしょになるため、本気で妻に離婚を切り出すとは思ってもいなかった。佐和子は中根の妻に罵られながら、何も言い返すことができずにいた。魔がさしたとはいえ、中根の気持ちを利用した自分が許せなかった。そして、そんな自分が惨めだった。その時から、もう決して誰にも頼るまいと自分に言い聞かせて生きてきたのだ。

今夜、富江から言われたことで、佐和子はあの時の惨めさを再び味わっていた。

「そうね、浮かれてちゃダメよね」

独り言のようにつぶやくと、勢いよく立ち上がり、台所へ戻っていった。

数日後、また雄介から食事に誘われた佐和子は、

「これまで、いろいろ教えていただき、ありがとうございました。もう、これ以上、

樋口さんにご迷惑はおかけするわけにはいきません。これからは自分で頑張ってみます。そしていつか、お店ができたら樋口さんも食べに来てくださいね」

と、なるべく明るい調子で、その誘いを断った。雄介は、佐和子の突然の変化に少し戸惑いながらも受け入れるしかなかった。

「そうですか、でも、困ったことがあったらいつでも聞いてくださいね」

がっかりした様子の雄介に、あえて佐和子は気づかないフリをした。

「はい、ありがとうございます」

そっけなく答えながら、佐和子はこれでよかったのだと思った。


佐和子に断わられてぽっかり時間が空いてしまった雄介は、久しぶりに真奈と会社帰りに会うことにした。先日、信二からも注意されていたので、その埋め合わせをしようと思っていたのだ。雄介は真奈の会社の近くにある喫茶店で待ち合わせることにした。その店はビジネス街の喫茶店らしく、店内はスーツ姿のサラリーマンで溢れ、タバコの煙が立ち込めていて、西麻布のカフェとはまったく雰囲気が違っていた。雄介がコーヒーを飲みながら雑誌を読んでいると、真奈が店に入ってきた。しかし、真奈は店内に知り合いの顔を見つけたため、雄介に目で合図すると、先にそちらのテーブルへ挨拶に向かった。

間もなく、真奈が一人の男性を連れてやってきた。四十代半ばのスーツ姿の、真面目そうな人物である。

「雄介と待ち合わせをしてるって言ったら、部長がぜひ、ご挨拶したいって」

と、真奈は妙に甘えた口調でそう言った。雄介はすぐに立ち上がって挨拶した。

「はじめまして。樋口雄介と申します」

「中根です。すみません、お二人のデートの邪魔をしてしまって」

お互いに挨拶をすませると、中根は雄介の正面に座った。

「お勤めは、あおば銀行だとおうかがいしましたが」

「はい。今は西麻布支店におります」

「そうですか、西麻布ですか……」

中根は西麻布と聞いて、少し迷った口調でこう言った。

「あのう、つかぬことをおうかがいしますが、樋口さんは社員食堂をご利用になりますか?」

その意外な質問に、雄介は少し面食らった。

「は、はい。うちの社員食堂は美味しいですから。でも、失礼ですが、なぜ、そんなことを？」

逆に、雄介から質問された中根は、少し決まり悪そうな顔をした。

「初対面なのに、変なことをおうかがいして申し訳ありません。実は、知り合いがそちらで栄養士をしているものですから、つい気になって」

「お知り合いって、西山佐和子さんのことでしょうか？」

雄介が聞くと、中根は驚いたように大きくうなずいた。

「樋口さんは、彼女をご存じでしたか。いやぁ、世間は狭いですね。実は、私と彼女は会社で同期だったんです。そして、先輩だった西山さんと社内結婚したのですが、その後、ご主人が亡くなって、今は栄養士の仕事をしていると聞いていたもので……そうですか、美味しいですか。よかった、安心しました」

中根は本当に安心した顔で雄介に笑いかけた。雄介は意外なつながりに驚いたが、中根がそれ以上何も言わないので、佐和子の話はそこで終わった。

中根が店を出て行くと、真奈が待ちかねたように雄介に詰め寄った。

「ねえ、西山佐和子さんって、どんな人？　この前、下北沢で雄介といっしょにいた人だよね。なんだか、部長はその人のことずいぶん気にしてるみたいだけど、好きなのかなぁ」

真奈は自分から佐和子の話を持ち出して、雄介の気持ちを確認しようとした。

「何言ってんだよ、中根さんって結婚してないの？」

「結婚はしてるんだけど、それがどうも、上手くいってないらしいのよ。社内の噂では、その、西山佐和子って人が原因みたいなんだけどさ」

真奈は、声をひそめて面白そうに言った。そんな真奈の態度に、雄介は少しムッとなっていた。

しかし、そんな雄介に気づかず、真奈は話しつづけた。

「その西山さんのご主人って、今でも社内で評判になるぐらい優秀なエンジニアだったみたいなの。もしも、あのまま生きていたら、きっと四十代で本部長までいっただろうって」

真奈の話を聞きながら、雄介は写真でしか見たことのない相手を思い出していた。

「だけど、佐和子って人もお気の毒ね。本当なら今頃は本部長夫人だったのに、それが、今では食堂のおばちゃんなんだから」

と、真奈はまるで佐和子を見下すような言い方である。これには、さすがの雄介も我慢できなかった。

「いい加減にしろよ。森崎先輩にも迷惑かけて、そのうえ、会ったこともない西山さんのことを、いくらなんでも言いすぎだよ。西山さんのことを何も知らないくせに、失礼じゃないか」

雄介は、佐和子だけでなく圭太まで侮辱されたような気になって、つい、真奈にきつい口調で言ってしまった。しかし、真奈はそんな雄介を責めるように言い返した。

「何よ、失礼なのはどっちよ。雄介こそ、そのオバサンが好きなんじゃないの？　この前だって、その西山って人にデレデレしてたじゃない」

「俺が、いつデレデレしたっていうんだよ。なんでもかんでも、変なふうに勘ぐるのはよせよ」

雄介は真奈のペースに乗せられないよう、冷静になろうと努力をしたが、真奈の嫉妬はなかなか収まらなかった。

「あんな、子持ちのオバサンのどこがいいのよ！」

一方的に責め立てる真奈の態度に、忍耐強く説得してきた雄介も、とうとう我慢の限界にきていた。こう何度も佐和子のことを「オバサン、オバサン」と連呼されると、いいかげんウンザリしてくる。雄介は、年上の佐和子のことを一度だってオバサンだと思ったことはなかったのだ。そして、つい、

「少なくとも、真奈といるより楽しいよ」

と、雄介は思ったとおりに答えてしまった。そして、思いがけず口にしたその言葉で、雄介は佐和子と過ごした時間が本当に楽しかったことに、今さらながら気づいたのだ。

しかし、それを聞いた真奈は、いきなり立ち上がった。

「やっぱりそうだったのね。だったら、そのオバサンと仲よくやればいいじゃない。私だって、食べ物の話しかしない男なんて、こっちから願い下げよ。さようなら！」

と言って、手に持っていたバッグで雄介の頭を思いっきりボカッと殴ると足早に店を出て行ってしまった。

「いてっ！」

残された雄介は、周りの客の視線を気にしながら頭をさすった。しかも、そのバッ

グは真奈にねだられて、先月プレゼントしたばかりのものだった。

「あんなバッグ、買ってやらなきゃよかったよ」

雄介は頭をさすりながら、本気でつぶやいていた。


その翌日、雄介は信二から誘われて、仕事帰りに飲みに行った。雄介は早速、その席で真奈と別れたことを信二に報告したのだ。

「先輩にも、いろいろご迷惑をおかけしましたが、結局、別れることになりました」

と、雄介はあっさりしたものだった。

「なんだか、かえって二人の仲をこじらせてしまったようだな……」

信二のほうが責任を感じて、落ち込んでしまうのであった。しかし、そんな信二も、雄介が自分でプレゼントしたバッグで頭を殴られたと知ったとたん、飲んでいたビールを吹き出して、笑い出した。

「そ、それで、そのバッグ、いくらしたんだっけ？」

信二は笑いすぎて、涙目になっている。

「十二万ですよ」

雄介が吐き捨てるように言った。すると、信二はさらに笑い転げた。

「じゅ、じゅうにまんえんのパンチかぁ」

信二の言い方に、雄介もつられて笑ってしまった。

「先輩、ひどいじゃないですか。笑い事じゃないですよ。もう、今日は、奢ってもらいますからね」

雄介は大声でビールのお代わりを注文した。

「それで、西山さんとのことは、本当になんでもないのか？」

信二はやはり、雄介と佐和子のことが気になっていた。

「なんでもないですよ。年も違うし、俺は純粋に彼女の料理への情熱に感動したんですよ。だから、いい店を作る協力がしたいなぁって思ってたんです」

しかし、そこまで言うと、雄介は急にがっくりと肩を落とし、大きくため息をついた。

「でも、西山さんからは、もう一人で大丈夫よって、言われちゃったんです。なんだか、俺ってバカみたいですよね。あーあ、楽しかったのになぁ」

なぜか雄介は、恋人と別れたことより、佐和子に拒否されたショックのほうが大きいのである。そんな雄介をしばらく眺めていた信二は、カバンから書類を取り出した。

「そうか、じゃあ、これは必要なかったかな？」

そう言って出てきた書類には、信二が親しくしている取引先のレストランのことが書いてあった。

これを渡したくて、信二は今夜、雄介を誘ったのである。だが、真奈と別れたことを聞いて、言い出しそびれていたのだ。


目黒区にあるそのレストランは、店主が高齢になったため、引退して生まれ故郷に帰ることになったらしいのだ。そして、引退後はその店舗を誰かに貸して、少しでも家賃がもらえればいいというのである。店舗といっても、自分たちが住んでいた自宅の一階を改造した十坪程度のものだが、その店舗の借り手を探してもらえないかと信二に相談してきたのだ。ただし、店主からの条件として、店舗は飲食店として利用することとなっていた。

立地は表通りから少し奥まった住宅地だが、周囲の相場から見て、目黒区でこの家賃は格安だと思えた。これなら、厨房設備をそのまま使うことにして、内装費を低めに抑えれば佐和子の貯金で十分にオープンすることができそうだ。

「とりあえず、一度、自分の目で確かめたほうがいいだろ。さっそく、明日にでも行ってみるか?」

「先輩、ありがとうございます。ぜひ、お願いします!」

雄介は信二といっしょに現地を訪問することになった。


数日後、雄介は突然、佐和子の家を訪れた。信二に紹介されて見に行った目黒の物件が、とてもよかったので佐和子を説得してみようと思ったのだ。しかし、先日の様子から考えて、佐和子は雄介と会ってくれないかもしれない。そこで雄介は、佐和子が帰宅する頃を見計らって、家のそばまで行ってから電話をすることにした。そうすれば、断られる可能性は低いと踏んだのだ。そして案の定、電話をすると佐和子もあきらめた様子で自宅へ招いてくれた。外で会ってもよかったが雄介としては、できれば富江や圭太にも聞いてもらいたかったのである。

そして、佐和子宅の応接間に通されると、雄介は図面や書類を広げて三人を相手に熱弁をふるった。これほど好い条件が揃った物件は、他にはないと雄介は確信していたのだ。

だが、佐和子はここにきて自信が持てず、つい慎重な態度をとってしまうのだった。

しかし、そんな佐和子とは対照的に、母の富江は乗り気になっていた。富江は雄介が本気で佐和子の店のことを考えてくれていることを知り、二人の仲を疑う気持ちが少しずつ薄らいでいた。

「場所もいいし、私があと十歳若かったら、自分でやりたいぐらいだわ」

雄介もそんな富江に調子を合わせ、

「人件費だってバカになりません。ご家族に手伝っていただけるなら、西山さんも助かると思いますよ」

と、ここぞとばかりに、家族の理解と協力が不可欠であることを説明した。

また、最初は嫌がっていた圭太もだんだんその気になってきた。

「僕がお店のホームページを作って宣伝するよ。ブログも効果あるみたいだし」

圭太は、ちゃっかり新しいパソコンを買ってもらうつもりになっている。こうして、雄介は外堀を埋めるように、富江や圭太を味方につけていった。そうなると、佐和子はいつまでも逃げ腰ではいられなくなってくる。そして、とうとう週末に現地を見に行くことになったのだ。現地には富江と圭太もいっしょに行くことにした。雄介は、説得が成功したことにホッして時計を見ると、すでに十時を過ぎていた。

「すっかり長居をしてしまいました。今日はこれで失礼いたします」

雄介は、書類をかき集めると慌てて佐和子の家をあとにしたのであった。

雄介が駅に向かって歩いていると、ふいに後ろから雄介を呼び止める声がする。振り向いてみると、なぜかそこには、前に真奈から紹介された中根博之が立っていた。


雄介は中根に誘われるまま、近くのファミリーレストランで話をすることになった。二人は席に案内されると、それぞれコーヒーを注文した。雄介が偶然とは思えないこの事態に困惑していると、中根が唐突に切り出した。

「突然声をかけてしまって、申し訳ありませんでした。実は、木村真奈さんから聞いたのですが、彼女とのおつき合いをやめたというのは本当ですか？」

中根と会うのはこれで二回目である。いきなり、立ち入った質問をされた雄介は身構えた。

「そのことですか。ええ、まぁ」

雄介は答えながら「なんだ、こいつ」と感じていた。そんなことを聞くために、わざわざ雄介を待ち伏せして、声をかけたというのだろうか。そして、雄介は中根に対してあからさまに嫌な顔をした。

「いや、申し訳ない。こんな失礼な言い方をするつもりではなかったんだが……」

中根は、慌てて頭を下げた。しかし、頭を下げられても、中根の真意がわからない以上、相手を許す気にはならなかった。雄介はそのまま黙っていた。

「実は、君たちが別れた原因が佐和子さんだと聞いたので、どうしても、確かめておきたかったんだ」

中根は真剣な顔で雄介を見ていた。雄介は、手元のコーヒーを持ち上げて飲もうとしたが、考え直して皿に置いた。

「彼女が何を言ったか知りませんが、なぜ中根さんに、そんなことを聞かれなくてはいけないんですか?」

雄介はこの状況に苛立ちを感じ始めていた。そのうえ、この時間まで夕食もとらずに佐和子たちを説得していたのだ。これ以上空腹が続くと、さらに不機嫌になってしまいそうだった。そして、近くにいたウェイターを呼ぶと、生ビールとピザを注文した。ビールが来るまでの間、中根は黙ったまま何かを考えているように見えた。そして、雄介がビールを一口飲んでジョッキをテーブルに置くと、それを待っていたかのように、中根が話し始めた。

「いい年をして、お恥ずかしいのですが、私はどうも佐和子さんのことになると、分別がなくなってしまうのです」

それを聞いた雄介が驚いて中根の顔を見ると、引きつったような笑顔の頬に、ほんのり赤みがさしていた。雄介は思わず、ビールを吹き出しそうになった。

「なんだ、そういうことでしたか」

真奈が言っていたとおり、中根は佐和子に気があるらしい。雄介はそんな中根を見て少し怒りが収まってきたが、それでもまだまだ気分はよくない。

「だからって、なぜ、僕のあとをつけるようなまねをするんですか」

「いえ、つけていたわけじゃないんです。本当は佐和子さんに聞くつもりで家の近くまで行ったのですが、樋口さんが入っていくのが見えて……それで、木村クンが言っていたことが、本当かもしれないと……」

中根は、歯切れの悪い言い方をした。

「彼女は、いったい何を中根さんに言ったんですか？」

雄介は苛立った声で聞いた。

「樋口さんが佐和子さんに好意を持っていると聞いています。二人で食事に行ったりしているそうじゃないですか」

中根はそう言うと、責めるような目で雄介を見た。雄介は、そんな中根に対してウンザリすると同時にがっかりした。

「なぜ、いい大人のあなたまで、そんなふうに考えるんですか？　僕は西山さんが自分のお店を持てるよう、協力しているだけです。今日だって、いい店舗が見つかりそうなので、その相談に行ったんです。それに、もし僕と彼女がそういう関係なら、こんな時間に、メシも食わさないまま帰すと思いますか？」

雄介はそう言って、運ばれてきたピザをこれ見よがしに頬張った。

不機嫌そうにピザを食べている雄介を見て、中根は自分が誤解していたことに気がついたようだった。

「たしかに、おっしゃるとおりです。あの佐和子さんが、夕食も出さないなんて、考えられませんから」

そして、雄介に何度も謝罪し、追加でフライドチキンまで注文してくれたのである。素直に間違いを認めた中根に対して、雄介は少し驚いた。銀行でも取引先でも、中根ぐらいの肩書や年齢になると、自分の間違いを認めることができない人が多いのだ。雄介は中根を少し見直していた。そして、根が単純な雄介も満腹になると同時に怒りも収まり、ビールの酔いも手伝ってか、今度は雄介から中根にいろいろと質問し始めた。

「それで、中根さんは西山さんのことを、いつから好きなんですか?」

「いつからって言われても……。そうだなあ、彼女が結婚する前からかな」

「ええっ、そうなんですか?」

雄介は、中根がそんな前から佐和子が好きだったと知って驚いた。

「同期で入社した時から、いいなぁって思ってたんだけど、なんだか言い出しそびれているうちに、西山先輩と結婚しちゃったんだよね」

「ふうん、中根さんて、一途なんですね」

中根は年齢の割にはスマートな体型で、優しそうなインテリといった感じだった。女子社員からモテそうなタイプである。そんな中根でも純情一途な面があると思ったら、急に親近感が湧いてきたのだ。

「だけど、中根さんは奥様がいらっしゃるんですよね?」

「ええ、佐和子さんに子供が産まれたって聞いた時、やっと自分の気持ちにふん切りがついて結婚したんだけど……。でも、まさか先輩が亡くなるなんて、思ってもみなかった」

中根は信じられないといったふうに首を振った。

「本当にお気の毒ですよね。でも、それでまた、西山さんへの想いが復活したってことなんですか?」

「そう簡単に言うなよ。一応、こっちも結婚した身だし、そんなつもりはなかった」

そう言って、中根はなぜか辛そうな顔になった。

「だけど、先輩の通夜に行って驚いたんだ。だって、彼女、ずっと料理してるんだよ。普通はお通夜の料理なんて、業者が適当に用意するだろ。先輩の時も、ちゃんと葬儀屋が料理を用意していたよ。でも、彼女は勝手に葬儀会場の台所で料理をしていた」

「なんだか、西山さんらしいですね」

雄介には、黒いワンピースを着て料理をしている佐和子の姿が想像できた。

「だけど、彼女は喪主だよ。普通なら祭壇のところで静かに座って、弔問客に挨拶するものなのに、それもせずに料理している。まるで、何かに取りつかれたようだったよ。斎場中においしそうな匂いを漂わせて、他の利用客からも苦情が出るし、家族も止めようとするんだけど『美味しいものを作らなきゃ、貴史さんに恥かかすから』って、絶対にやめようとしないんだ」

冠婚葬祭のことをよく知らない雄介も、その佐和子の行動は不思議に思えた。

「なぜ、西山さんはそこまで料理にこだわったんですか？」

「西山先輩は、気さくな人で、慕ってる仲間は多かったよ。それにときどき、自宅に同僚や後輩を呼んでは、宴会をやってくれたんだ。先輩は彼女の料理が自慢でね、いつでも『みんなに美味いもの出してやってくれ』って言っていたらしい。だから、たとえお通夜とはいえ、会社の人が集まる場所では自分でちゃんと料理したかったんだと思う」

雄介は、佐和子の家で見た写真の顔を思い出した。そして、佐和子の夫は料理という形で、今でも彼女を支えているのかもしれないと雄介は感じた。

「それに、先輩が死んだことを認めたくなかったんだよ」

中根が独り言のようにつぶやいた。そして、

「会社の人間だって、彼の死には大きなショックを受けていた。誰だって信じたくなかったよ。まして、佐和子さんたちは本当に仲のいい夫婦だったからなぁ……」

と、中根は遠くを見つめるような目をした。

「そんなに悲しい時に、なぜ料理なんかしてたんでしょうか?」

雄介の質問に、中根が答えるまで、少し間があった。どう説明すべきか考えているようだった。

「あの時、僕は佐和子さんが急に料理を始めたと聞いて、止めさせようと台所へ行ったんだ。そこで見た彼女は、このまま先輩のあとを追って死ぬんじゃないかって思うほど真っ青な顔をしてた。なのに、少し笑ってこう言うんだ。『不思議なんだけど、どうしても泣けないの。変でしょ? 頭ではわかっていても、何もかも嘘みたいに思えて……。だから、今の私にできることは、貴史さんが喜ぶような料理を作ることなのよ』ってね」

受け入れきれないほど大きなショックを受けた時、人間の脳は感情を麻痺させると、雄介は何かの本で読んだことがあった。佐和子の状態もそれに近かったのだろうと、

雄介は思った。

「そんな姿を見てしまったら、僕は佐和子さんをほっとけなくなったんだ」

中根が雄介に同意を求めるように言ってきた。

「そりゃ、僕でもほっとけないと思います。それで、中根さんは西山さんと……」

おつき合いしているんですか？　と聞ければいいのだが、中根は既婚者である。どう言ったらいいのかわからなかった。

「まぁ、いろいろ事情もあってね……」

中根は雄介の言わんとすることがわかったのか、急にがっくりと肩を落とした。

「はじめは彼女も僕を頼ってくれていた。再就職のこととか相談にのったりしてね。だけど、やはり僕にとって佐和子さんは特別な人だった。単純に『先輩の奥さん』とは思えない。たとえ、彼女にとっては一時の気まぐれだったとしても、こっちは本気だった。だが、そのことで妻ともめて、彼女の家族にまで迷惑をかけてしまった。それ以来、一度も会ってもらえない。またしても、フラれたんだ」

雄介は中根の話を聞きながら、なぜか、複雑な気持ちになっていた。典型的な良妻賢母だとばかり思っていた佐和子に、女の顔があったのだ。雄介は大事なものを取られたような気分だった。しかし、雄介の勝手なイメージを押し付けることはできないのだ。佐和子がひとりの女性であることを、雄介は今さらながら意識することになった。そして、佐和子と中根が今は会っていないと知り、雄介はなぜかホッとするのであった。

週末、雄介は先日紹介した目黒の物件へと佐和子たちを案内した。私鉄の駅から徒歩で七分と少し離れているが、近所にはマンションや小ぶりなビルが多く、利用客はありそうだった。

現在その店舗は、オーナーの寺田路夫《てらだみちお》、久子《ひさこ》夫妻が経営する洋食屋になっていた。寺田夫妻は佐和子たちが入っていくと、愛想よく出迎えてくれた。路夫は、今でも昔ながらのコック服にコック帽という、四十年前の開店当時そのままのスタイルで調理場を切り盛りしている。妻の久子は、小柄な体で店内を行ったり来たり、なんでもこなしているようだった。

「いらっしゃいませ。お待ちしておりました、さあ、どうぞご覧ください」

久子が先頭に立って、さっそく厨房や二階の自宅などを案内してくれた。雄介と主太は店のテーブルに座って佐和子たちが見学するのを待つことにした。

雄介と向かいあった圭太は、なぜかソワソワして落ち着かなかった。そして、圭太は佐和子たちが別の部屋へ移動するのを待ちかねたように、小声で雄介に切り出した。

「あの、樋口さんって彼女とかいないんですか？」

雄介は、圭太のストレートな質問に一瞬、ドキリとした。

「急に何を言い出すかと思ったら、そんなことか。実は、この前別れたばっかりなんだよね……。だけどなんで、そんなこと聞くの？」

雄介は圭太の質問の意図がよくわからず、顔を見ながら逆に聞き返した。

「えっと、その、お母さん……いや、なんで、僕たちにこんなに親切にしてくれるのかなぁって思って。でも、もう、いいです、忘れてください」

圭太はそう言うと、何事もなかったようにそっぽを向いてしまった。雄介は、圭太の気持ちをなんとなく察することができた。男の子は誰だって、母親を心配しているものだ。しかし不思議なもので、真奈や中根に佐和子とのことを疑われるとムッとしてしまうが、圭太の言葉は素直に受け取れるのであった。

「君のお母さんは本当に料理が上手いよね。僕は、たくさんの人たちに、君のお母さんの料理を食べてもらいたいと思ってる。だから、頼まれもしないのに図々しく手伝ってるんだよ」

雄介はそう言って笑った。圭太に余計な心配はさせたくなかったのだ。

「ふうん、そうなんだ……」

圭太は、そっぽを向いたまま答えたが、横顔は照れくさそうに笑っていた。


一時間ほどで見学をすませると、雄介たちは店を出た。佐和子も富江も、築年数の割には、手入れの行き届いた物件に満足しているようだった。

「厨房設備は旧式だけど、大事に使っているみたいなので問題なさそうだし、お店も大掛かりな工事は必要ないみたい。内装を新しくする程度ですみそうだわ」

費用面を心配していた佐和子は、安心したようにそう言った。

「それに、二階のご自宅も使いやすそうで、よかったわね。着替えや休憩もゆっくりできそう」

富江も嬉しそうに佐和子に話しかけていた。だが、何より、大家となる寺田夫妻の人柄がよかったことに安心したのであった。無理に紹介した手前、雄介もホッとして

いた。それでも、慎重な性格の佐和子は、

「やっぱり、一回見ただけじゃ決められないわ。実際に使ってみてから、決めるわけにはいかないかしら？」

と、数日間で構わない、あの店で働いてみたいと言いだしたのだ。予算の少ない佐和子は、改装に費用をかけるより、今の設備を活かしたいと考えていた。もし、今の設備でやれないようなら、店を持つのは先に延ばすべきだとも思っているのである。

早速、雄介がオーナーの寺田に相談してみると、快く受け入れてくれた。彼らとしても、大切に使ってきた調理場を、なるべく引き継いでもらいたいと思っていたのだ。

そして次の週、佐和子は会社から一週間の有給休暇をもらい、寺田夫妻の店を手伝いに行くことになった。


雄介は、佐和子のいない社員食堂でボンヤリ定食を食べていた。すると、そこに信二がやってきた。

「なんだか、今日の肉じゃがは色が悪いなあ」

そう言いながら雄介の隣に腰をおろして食べ始めた。

「そりゃあ、無理もないですよ。今週は西山さんがお休みですからね」

雄介は箸を持ったまま、何度もため息をついていた。

「何を、寂しそうにしてるんだ。さっき、寺田さんから連絡があって、『いい人を紹介してくれた』って喜んでたぞ。彼女は、商売に向いてるみたいだな」

「そうですか、それはよかった。西山さんなら大丈夫ですよ」

雄介は一瞬元気になったが、目の前の肉じゃがを見ると、また、ため息をついた。


佐和子が寺田夫妻の店で働く一週間が終わった。しかし、佐和子はまだ心を決めかねていたのである。心配していた厨房の使い勝手はまったく問題なかった。そして、店の客層は近所の会社に勤めている人が多く、客の入りも安定している。現オーナーが出す年季の入った料理にはかなわないが、佐和子の料理が認められれば、なんとかなるのではないかと、思えなくもない。しかし、独立するとなれば、勤めているのとは違って、全ての責任を自分でとらなくてはならない。本当にやっていけるのかと、佐和子は臆病になっていた。雄介の勢いに押されてその気になってしまったが、今では少し後悔し始めていたのである。

そんなある夜、佐和子に不思議なことが起こった。

夕食後、佐和子がテーブルに図面を広げて、あれこれ思い悩んでいると、なぜか急に眠たくなってきた。昼間の仕事で疲れているせいか、全身がずっしりと重く、立ち上がろうとしても、まったく動くことができないのだ。佐和子はテーブルに頬杖をついたまま、しばらくウトウトしていた。すると、佐和子は眠りに落ちそうな意識の中で、テーブルの上の図面を覗きこんでいる貴史の姿を見たのである。

エンジニアだった貴史は、昔から図面を見るのが好きだった。そして、佐和子の前にいる貴史は、店舗の図面を見ながら楽しそうに微笑んでいる。

「貴史さん！」

佐和子は思わず呼びかけようとしたが声にならない。なんとか目を覚まして貴史に声をかけたいのに、口を開くことができないのだ。焦って動こうとする佐和子に貴史の声が聞こえてきた。

「佐和子、いい店が見つかってよかったな。頑張って、美味しいもの作ってくれよ」

それは、懐かしい貴史の声だった。穏やかで、少しぶっきらぼうな話し方は、今でも佐和子を安心させる響きを持っていた。

「私、一人でやっていけるかしら？」

睡魔で途切れそうな意識の中、佐和子は貴史に問いかけた。

「佐和子は、一人じゃないよ。圭太だっているし、助けてくれる人も大勢いるじゃないか。大丈夫、心配いらないさ」

初めて出会った頃から、佐和子は貴史に励まされると、いつもそれだけで元気になってしまうところがあった。しかし、そんな貴史の声は、だんだん遠ざかろうとしていた。

「貴史さん、待って！　まだ、行かないで……」

そう、心の中で叫びながら佐和子は深い眠りに落ちていった。

それから三十分ほどで目を覚ました時には、さっきまで佐和子の中にあった臆病風が、すっかりどこかに吹き飛んでいたのだった。

雄介は、佐和子から相談したいことがあるので、今度の土曜日に自宅へ来て欲しいと連絡をもらった。

「その日は、ぜひ、私の家で夕食を召し上がってください」

佐和子は、わざわざそうつけ加えた。

雄介が佐和子の家に到着すると、おいしそうなにおいが家の外まで漂っている。中に入っていくと、エプロン姿の圭太が玄関で待っていた。

「いらっしゃいませ。さあ、こちらへどうぞ」

やや緊張した面持ちで圭太は雄介を台所のとなりにあるダイニングルームへ案内すると、水の入ったコップとおしぼりを持ってきた。いつもと違う雰囲気に、雄介が圭太の顔をのぞきこむと、必死で笑いをこらえているのがわかった。

「圭太くん、いつもと全然違うけど、何か隠してるでしょ?」

すると、圭太はもう我慢できなくなって、ブッと吹き出した。

「お母さん、やっぱ、緊張する。これなら、いつもどおりのほうがいいや」

圭太が台所に向かってそう言うと、中から笑顔の佐和子が出てきた。

「圭太が自分でやりたいって言ったんでしょ。もう、この子ったら、樋口さんを普通にお招きしても面白くないから、レストランみたいにやりたいって言い出したんです」

佐和子は圭太の横に立つと、急に真剣な顔つきに変わった。

「あれから、いろいろ考えて私なりに結論は出したつもりです。ただ、最後に樋口さんのご意見を聞きたいと思いまして、今日は来ていただきました」

「僕の意見ですか？　どんなことでしょう」

「樋口さんは、社員食堂以外で私の料理を食べたことがなかったですよね」

あらためて言われてみると、たしかにそうだった。雄介は、これまで社員食堂以外で佐和子の料理を食べたことがないのだ。

「だから、今日はこれから私の料理を試食していただこうと思います。そして、B級グルメ通を自負していらっしゃる樋口さんに、私の料理が本当に世間で通用するのかを判断してもらいたいのです」

雄介は佐和子にそう言われても、すぐにはピンとこなかった。そんな雄介の表情を見て、佐和子はさらに言葉を続けた。

「お店をやっていくって、家賃や、立地条件だけでは決められないと思いました。やっぱり、最後は料理なんじゃないかって。お客様からお金を頂戴する以上、それに見合った料理を出せないなら、最初からやらないほうがいいと思うんです。社員食堂や家庭料理でいくら頑張っても、お金を取れるプロのレベルに達しているかどうか、これればかりは自分で決めることができなくて……。だから、いろんなお店を知っている樋口さんに私の料理を評価していただきたいのです」

普段はおとなしい佐和子が、珍しく真剣な表情で話しているのを聞いて、雄介は、突然、不安になってきた。自分の意見が佐和子の人生を左右してしまうのだ。お世辞で「美味しい」なんて言って、もし、客に受け入れてもらえなかったら、佐和子や圭太、それに富江にとっては死活問題となってしまう。決して軽い気持ちで独立を勧めたわけではないが、当事者にとってはやはり大きな決断なのだと、雄介は初めて実感したのだった。

「な、なぜ、僕なんですか。あっ、そうだ、西山さんがアルバイトをしているお店のご主人たちと相談されたらいいのでは……」

こんな時に限って、雄介は弱気である。しかし、今日の佐和子は、そんな雄介に対して驚くほど押しが強かった。

「今さら逃げ腰にならないでください。具体的に計画を立てて頑張りましょうって言ったのは誰だったかしら？　それに、寺田さんのお店を見つけてきて、私たちを説得したのはどなたでしたっけ？」

「は、はい、僕です……」

雄介は、消え入りそうな声で答えた。

「じゃあ、最後まで責任とってもらわないとね」

佐和子は雄介に向かって、面白そうに微笑んだ。

「難しく考えなくても大丈夫。食べてみて、樋口さんの忌憚のないご意見を聞きたいだけですから」

雄介を安心させるようにそう言うと、佐和子は台所に入っていった。雄介は、圭太をそばに呼ぶと台所に聞こえないように、

「ねぇ、君のお母さんって、あんなに迫力があったっけ？」

「なんだか、最近、テンション高いんだよね。今日も、朝からずっとあの調子で張り切ってるんだ。それで僕としても、少しでも食堂に近い雰囲気で食べてもらったほうがいいと思って、こんなふうに協力してみたんだ」

そう言って、圭太はエプロン姿でポーズをとった。

圭太も彼なりに、母親を応援しているのだ。雄介は、そんな気持ちにこたえるため

にも、弱気になっている場合じゃないと覚悟を決めた。この一家の将来が自分にかかっていると思えばこそ、冷静に評価しなければならない。それが、たとえ佐和子を傷つける結果になったとしてもである。

しかし、そんな心配は杞憂であった。次から次へと出される料理は単なるプロの味を超えて、栄養士としての視点も活かされた料理になっていた。「安心して食べてもらいたい」という佐和子らしい料理であった。いっしょに試食していた圭太も、気合の入った佐和子の料理に驚いている。

「今日のお母さんの料理、いつもと違う。なんだかすごい」

鯖の味噌煮やコロッケといった庶民的な

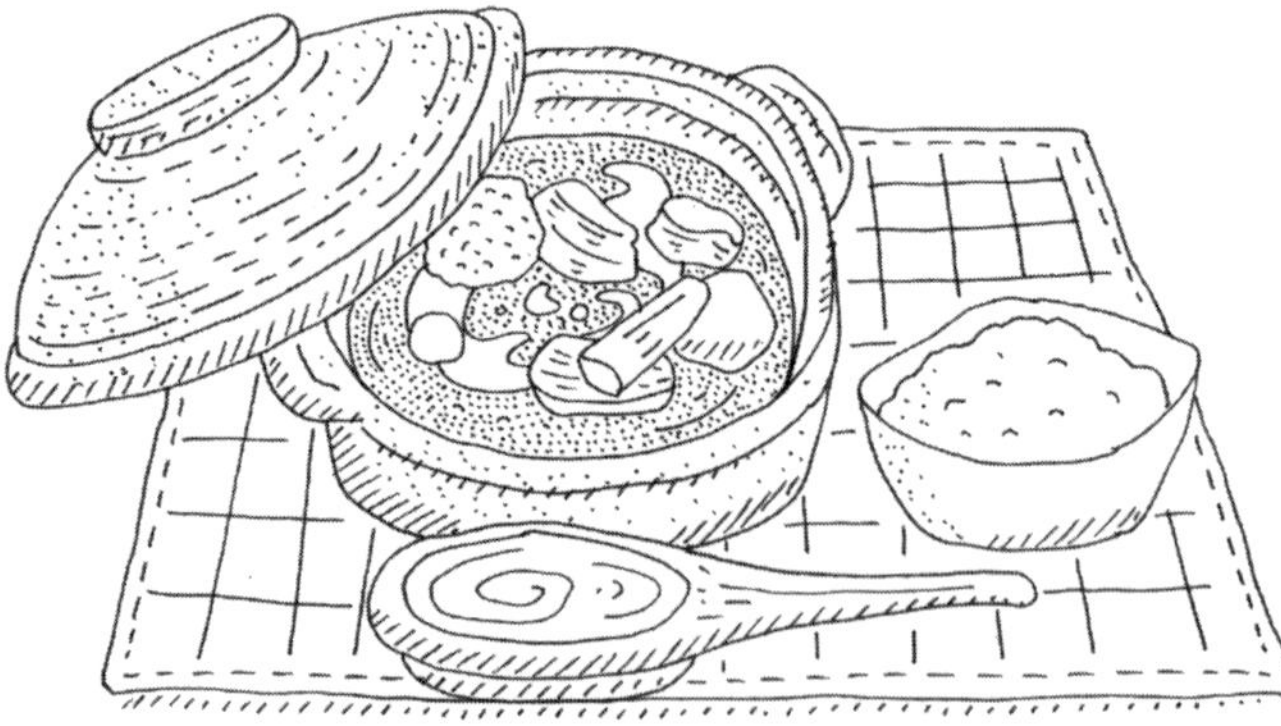

定番メニューは、雄介の知っている店と比べても引けを取らない。その他に、サイドメニューとして佐和子が創作した料理は、定食屋のレベルを遥かに超えて、割烹に近かった。これなら、酒の肴としても満足してもらえそうだ。

そして、最後の一品として佐和子が自ら持ってきた料理は、ビーフシチューだった。ソースに豆乳やしょうゆを使い、さらりと和風にアレンジしてあるので、ご飯との相性もばっちりだ。ビーフシチューを一人用の土鍋で出し、そして最後はご飯を入れて、ぞうすいのように食べられるのだった。

「ビーフシチューは仕込みに時間がかかるけど、作っておけばランチタイムなんかには、さっと出せて重宝するのよね」

佐和子は、そんなことまで考えていた。

そして、試食が終わり、雄介がコーヒーを飲んでいると、佐和子が台所から出てきて一枚の紙を手渡した。

「樋口さん、ここに今日のメニューが全て書いてあります」

見ると、それは採点表になっていた。採点は、今日と明日の二回に分けて行うことになっている。雄介が試食した全てのメニューについて、食べ終わった直後の点数と、一日過ぎたあとの料理の印象を記入するようになっていた。

「へえ、翌日の印象かぁ。面白そうですね」

雄介は意外な採点のやり方に興味を示した。

「ええ、胃の中から消えてしまっても、その料理が、どれぐらい記憶に残っているかを知りたいと思ったんです。だから、お手数ですが樋口さんの採点が終わったら、社員食堂で渡してもらえませんか」

そう言った佐和子の顔には、今までにない自信が表れていた。


雄介にとっても、ゆっくりと考えられるこの方法はありがたかった。たしかに、佐和子の言うとおり、その時は美味しいと思っても、印象に残らない料理もあるし、逆にたいしたことないと思った料理が、いつまでたっても頭から離れないことがある。やはり、「また、食べたい」と思わせることが大切なのかもしれない。雄介は、佐和子がいよいよ本気で店をやる気になったと感じていた。

そして次の日も、雄介は採点表を前にして料理のことばかり考えていた。試食した直後、自宅に戻って採点した時は、舌に余韻が残っていたせいで、なかなか甲乙つけられなかった。しかし、次の日の午後になると、雄介も客観的に昨日の料理を思い出すことができた。不思議なもので、やはり印象は変わってくるのである。

雄介は採点表を書き終えると封筒に入れた。雄介の気持ちは試食前と何も変わっていなかった。そして、これからは自信を持って佐和子の独立を応援することができると感じていたのである。しかし、佐和子が独立したら、今のように、社員食堂で顔を合わせることもなくなってしまうのかと思うと、雄介はなぜか少し寂しかった。

週が明けた月曜日、西麻布支店では十一月最初の支店会議が行われた。しかし、今回の支店会議では、定例的な報告類を一切省略して、いきなり重大発表が行われたのである。なんと、西麻布支店が、三ヶ月後に廃止されることになったのだ。年間の事業計画には入っていなかったが、経済状況悪化のあおりを受けて急遽決定されたらしい。インターネットサービスが普及するにつれ、最近では、わざわざ支店へ足を運んでくれる利用客も減る一方であった。それに、もともとこの地区は他のところと比べても支店数が多かったこともあり、窓口業務は近くの大型支店へ統合され、西麻布はＡＴＭ機だけが残されるのである。そして、今いる行員たちはバラバラに他の支店へ異動することになるのだった。

支店廃止の件は、すぐに佐和子へも会社から連絡が入った。そして、その連絡と一緒に、社長からは調理指導主任として本社勤務を打診されていた。調理指導主任となれば、会社に所属する百人以上の調理者を指導していく立場となるのである。佐和子の料理の腕前は、社長の耳にも届いていたらしい。しかし、今はただ、雄介からの採点結果を佐和子は待っていた。支店がなくなってしまうのは寂しいが、今回の廃止を、佐和子はただの偶然とは思いたくなかった。神様が背中を押してくれているのかも知れないと感じていたのだ。


雄介は自分の席で、上司に呼ばれるのを待っていた。発表のあと、支店では廃止後の人事異動について、内示が行われていたのだ。内示によって本人の意思確認をするというのは建前であって、「ノー」と言えるのはよっぽどの場合に限られる。

森崎信二が雄介の席にやってきた。先輩の信二は、雄介より先に内示を受けて戻ってきたのだ。

「森崎先輩、どうでした?」

「うん、六本木支店になった。まったく、こんな目と鼻の先に異動なんて、新鮮味がないよ」

信二は不満そうに言ったが、明らかにホッとしている。雄介や信二のような独身者は、こんな時、地方転勤となる場合も多いからだ。信二が席へ戻ってしまうと、今度は雄介の名前が呼ばれた。

会議室に入っていくと、雄介の上司である課長と支店長が並んで座っていた。そして課長から、異動してきたばかりで申し訳ないが、と前置きされたあと、

「二月から、今度は函館支店へ行ってもらいたい」

と言われた。

雄介は、頭の中が真っ白になっていった。

その夜、雄介と信二は近くの居酒屋で飲んでいた。信二は、雄介の函館行きを本当に残念がっていた。

「雄介は異動してきたばかりだったから、そのまま六本木支店にスライドされると思ってたんだけどなあ」

「俺だって、そうですよ。西麻布支店に来てから、まだ七ヶ月しかたってないのに、まさか廃止になるなんて、それに、いきなり函館ですからね。実際の異動は二月でしょ、寒いの苦手なんですよ」

雄介はブルッと体を震わせた。

「だけど、ちょうど彼女もいないし、未練なく引っ越せるじゃないか」

これでも信二は、雄介を元気づけようとしているのだった。

「まあ、そりゃ、そうですけど」

「それに、函館は美味いものも多いぞ。そうなれば、趣味の食べ歩きの幅が広がるってもんだ」

と、信二が言った時、雄介は佐和子との約束を思い出した。

「やばっ、大変なこと忘れてた」

雄介は、佐和子に採点表を渡していなかったのだ。函館支店のことですっかり動揺して、今日は昼食をとることも忘れていた。

慌てて立ち上がろうとする雄介に信二は驚いた。

「いったい、どうしたんだよ」

その時、雄介はポケットから封筒を取り出して、ため息をついた。

(こんな大事なことを忘れていたなんて……)

「なんだよ、それ。雄介、まさか、辞表じゃないだろうな?」

そう言って、信二は雄介の手から封筒を奪い取ろうとした。

「ち、違います。なんでもありませんよ」

雄介は信二の誤解を解くため、慌てて否定した。

しかし、信二があまりに心配するので、雄介は佐和子の料理を試食して採点を頼まれていることを話した。

「やっぱりな、もう、そんな関係になっていたのか、なんだか怪しいとは思っていたが……」

雄介から話を聞くと、信二はすぐにそう言った。

「怪しいって、どういうことですか。僕たちは変な関係じゃありませんよ」

雄介はムッとなったが、信二はそんなことにはお構いなしに続けた。

「だけど、なんで雄介なんだ。お前は知らないだろうけどな、西山さんは、俺にとっても憧れの人だったんだぞ」

信二は、酔った勢いで本音を吐き出した。雄介が西麻布支店に赴任してくるずっと前から、信二は親切で料理の上手い佐和子に憧れていたのだ。だから、渋谷で見かけた時もすぐに佐和子だと気づいたのである。

「よく考えてもみろ。彼女は、いつもマスクと帽子で顔を隠しているんだ。西山さんと外で会っても、気づかないのが普通だろ」

そう言われてみると、雄介はたしかにそのとおりだと思った。雄介が反論できずにいるのを見て、信二は面白そうに笑った。

「冗談だよ。俺は、単純に親切な人だなあって思っていただけだ。でも、お前が好きになるのはなんとなくわかる」

信二は勝手に決めつけていた。しかし、そうはっきり言われると、雄介は何も言い返せないのだった。


次の日、雄介は人の少ない時間を見計らって社員食堂に入って行った。すると、待ちかねたように佐和子がカウンターに出てきた。雄介はポケットから封筒を出すと、佐和子の前に置いてから、頭を下げた。

「昨日の約束だったのに、遅くなって申し訳ありません」

「いいえ、気にしないでください。こんな大変な時に面倒なお願いをしてしまって、こちらこそ、申し訳ありませんでした」

雄介よりも佐和子のほうが恐縮していた。

「怖いので、これは家に帰ってから拝見します。いろいろ、ありがとうございました」

佐和子はそう言って、封筒を大事そうに胸の前で抱えた。佐和子が受け取ったことを確認すると、雄介は佐和子に転勤することを伝えた。

「僕はこの支店が廃止されたあと、函館に行くことになりました。だから、西山さんのお店がどうなるか、僕には見届けることができそうもありません」

「函館ですか、そんなに遠くへ……。寂しくなりますね」

佐和子は雄介が函館に行くと聞いて、動揺していた。

これまで雄介は、佐和子が頼んでもいないのに、おせっかいなぐらい、お店のことを考えてくれた。それに最近では、佐和子もそんな雄介を頼りにすることが多くなっていたのである。佐和子にとっては、十歳ぐらい年齢が離れていたほうが、変に意識せず自然に接することができたのだ。

　これからも、こんなふうに適当な距離を保ったまま関わっていくものだと、佐和子は勝手に思い込んでいたのだ。それは、佐和子だけでなく雄介も同じ思いだった。

「でも、東京にいる間だけでも、僕に手伝わせてください」

　雄介は、できる限り手助けをするつもりになっていた。そして佐和子も、この申し出をありがたく受けることにした。


　佐和子は家に戻ると、早速、採点表を封筒から取り出した。雄介は点数のほかに、一品ずつコメントを書き込んでくれていた。量の多さや値段についてもアドバイスが入っていたのである。そして、最後の余白には雄介らしい太く大きな字で、

『これからも、美味しいものをいっぱい作ってください』

と記されていた。

　これで、佐和子の気持ちは定まったのである。そして、佐和子は結果を待っている富江と圭太のところへ行って、正式に食堂を始めることを報告したのだ。

「じゃあ、これからますます忙しくなるわね」

富江は、もうソワソワし始めている。そんな祖母を面白そうに横目で見ていた圭太は、

「それで、いつ頃お店を始めるの？　今の会社はどうするの？」

と、冷静な質問である。圭太は亡くなった貴史によく似て、感情に流されないところがあった。女ばかりの家族の中で、たった十三歳の圭太は頼りになる存在だった。

佐和子は、西麻布支店が来年一月末で廃止になること、雄介が函館に転勤することも二人に伝えた。

「だからと言ってはなんだけど、二月ぐらいで会社を辞めて、圭太が春休みに入る頃にお店がオープンできればいいいと思ってるの」

場所は目黒の寺田夫妻から借りることにして、あとは内装とテーブルや食器の準備である。さらにメニューや価格を決めて、細々したことも含めると、残り四ヶ月でギリギリだろうと思われた。

「それから、これはもう決めたことだけど、樋口さんにも開店準備を手伝ってもらうことにしたから。二人とも、文句ないわよね？」

佐和子は二人の様子をうかがった。

「文句も何も、最初に言い出したのは樋口さんだよ。手伝ってもらったほうが、何かといいんじゃない」

圭太は問題なしである。しかし、母の富江は少し複雑な表情を浮かべていた。佐和子に親切にしてくれるのはありがたいが、仕事以上の関係にならないとも限らない。ただ、あと三ヶ月で函館に行ってしまうという状況なら、あんまり目くじらを立てる必要もないと思った。それに、お店を出すとなれば、複雑な手続きもあるだろうし、佐和子だけでは不安である。

「そうね、樋口さんにお願いするしかなさそうね」

富江は心配しつつ、了承してくれた。

翌日、佐和子はさっそく勤め先の社長のところへ退職願を出しにいった。社長は佐和子の退職を惜しんでいたが、佐和子から店のことを聞くと、

「場所はどこだ？　開店したら教えてくれよ、絶対に行くからな」

と喜んでくれたのだ。

それからは、不動産会社との契約、保健所への届出などいくつもの手続きが待って

いた。雄介も毎週のように佐和子の自宅を訪れては、メニューや値段について相談を受けた。さらに、内装業者やインテリアデザイナーとの打ち合わせにも、雄介は時間が許す限り同席してくれた。

準備が始まってしばらくたった頃、店の名前が「菜の花」と決まった。

菜の花は、親しみやすく素朴で真面目な感じのする花だ。そして、食べると口いっぱいに香りが広がって美味しい食材に変わる。そんなところが佐和子の店のイメージにぴったりだと雄介も思った。これからは、インテリアや食器など、菜の花のイメージに合わせて選べばいいのである。

開店準備に追われていたある日、雄介と佐和子は内装業者との打ち合せを店で行っていた。壁紙や床材のサンプルをテーブルいっぱいに並べ、実際に立ち会いながら店に合うものをあれこれと選んでいった。その打ち合わせが終わり、二人が戸締りをして店を出ようとした時、店の外に立っている中根の姿を見つけたのである。

「中根さん！」

佐和子は、そう言ったきり、次の言葉が出てこなかった。しかし、中根は緊張した顔で佐和子の前に進み出ると、深く頭を下げた。

「佐和子さん、長いことご無沙汰をしておりました」

「あ、あの、中根さん、なぜ、ここが……」

佐和子は突然のことで、上手く状況が飲み込めていない様子だ。そこに、横から雄介が割りこんだ。

「西山さん、申し訳ありません。実は、僕がこの場所を中根さんにお教えしました。でも、まさか、こんなに早くいらっしゃるとは思ってなかったので……」

佐和子は、驚いて雄介のほうを振り返り、少し取り乱した様子で、

「なぜ？　樋口さんが中根さんを……いったいどういうことなの？」

雄介は、普段おっとりとした佐和子が慌てる姿を見て、取り返しのつかないことをしたのではないかと、急に怖くなった。

「私が無理にお願いしたのです。西麻布支店が廃止されると聞いて、いても立ってもいられず、つい、樋口さんに……ですから、彼を責めないでください」

中根は、佐和子の反応に驚いた様子はなかった。こうなることは、わかったうえで訪ねてきたのである。雄介が思っていたよりも、二人の関係は複雑そうであった。

「とにかく、中で話しませんか」

雄介は中根を店の中に招き入れた。

先ほどまで壁紙のサンプルが広がっていたテーブルに、三人は向き合って腰をおろした。しばらく沈黙が続いたあと、この雰囲気に耐えられなくなった雄介が、口を開いた。

「西山さんにはお話ししていなかったんですが、実は、元カノの上司が中根さんで、以前にお会いしたことがあるんです。その時、偶然、中根さんも西山さんを知っていると聞いて驚きました」

雄介が明るい口調でそう言ったが、佐和子も中根も表情を固めたまま何も言い出さなかった。雄介は、何となく居心地が悪くなり、

「じゃあ、僕はこれで失礼させていただ……」

と、席を立とうとした時、佐和子が、

「待ってください。樋口さんもここにいていただくわけにはいきませんか？」

それまで、険しい表情で黙り込んでいた佐和子がきっぱりと言った。雄介は驚いて中根を見たが、中根は黙ったまま、雄介にうなずいた。

「わ、わかりました」

そう言って、雄介は再び椅子に腰をおろした。すると、中根がゆっくりと、言葉を選ぶようにして佐和子に話しかけた。

「佐和子さん、樋口さんからあなたが独立すると聞いて、自分のことのように嬉しかった。私はあなたの力になりたい。妻と別れる覚悟もできた。今度こそ、本当に私を頼りにしてほしい」

中根は真剣である。

「ごめんなさい。でも、私にはそんな風に言っていただく資格はありません。それに、もう中根さんにはお会いしないと、奥様に約束したのです」

「あの時、妻が佐和子さんをひどく責めたと聞きました。だけど、それはあなたのせいじゃない。全て、私に配慮が欠けていたからなんだ。勝手な言い方だけど、全て忘れて、もう一度やり直してもらえないだろうか?」

中根の話を隣で聞いていた雄介にも、これが彼の本心だと感じられた。本当に佐和子のことが好きなのだ。大の大人の男がこんなにも切なく告白している姿を、雄介は生まれて初めて見たのである。しかし、

「違うんです。やり直すとか、そうじゃないんです」

佐和子は椅子から立ち上がると、深く腰を折るようにして頭を下げた。そして、その姿勢のまま、

「あの時、私は中根さんを利用しました。本当は誰でもよかったのかもしれません。でも貴史さんを忘れたくて、ただ、それだけの気持ちで……。だから、奥様のおっしゃるとおりなのです。もう、二度とお会いしないことになって、一番ホッとしたのは私だったんです。中根さんには、本当に悪いことをしたと思っています」

と、一気に吐き出すように言った。しかし、中根は佐和子の言葉を信じられないでいた。

「う、嘘でしょ？　佐和子さん、あなたがそんな……」

中根が、言葉につまっていると、佐和子は顔を上げて、今日初めてまっすぐに中根の目を見つめた。

「私は、まわりが思っているほど、いい妻でも母でもありませんから」

佐和子は、悲しそうな目をしたまま微笑んでいた。そんな佐和子に中根は何か言おうとしていたが、結局、そのまま黙って店を出ていってしまった。

二人を見守っていた雄介は、反射的に中根のあとを追おうと立ち上がった。しかし、追いかけたところで、さらに中根を傷つけるだけのような気がして思いとどまったのだ。

佐和子は、中根が出て行った店の戸口に向かって、もう一度、倒れんばかりに深く頭を下げていた。

「西山さん。大丈夫ですか?」

そう、問いかけた雄介の声で頭を上げた佐和子は、

「ごめんなさいね。変なことに巻き込んでしまって。でも、樋口さんがいてくれて助かりました。二人だけだったら、キチンと言えなかったと思うし」

と、明るく答えた。雄介に負担を感じさせまいとする配慮なのだろうか、佐和子が無理に笑っているように見えたのだ。

「でも、本当なんですか?」

雄介は信じられなかったのだ。佐和子のような真面目な女性が、貴史を忘れるためだけに、そんなことをするとは考えられない。もしかしたら、中根の家庭を壊すまいとして佐和子は中根とのことを諦め、身を引くつもりなのだろうか? そういうこと

なら、雄介にも納得できる。しかし、佐和子は急に怒ったような顔になった。

「樋口さんの前で、こんな嘘を言ったりしないわ！」

思わず強い口調でそう言ったあと、佐和子は雄介に向かってポツリポツリと話しはじめた。

佐和子は三回忌が過ぎても、貴史の幻を追い続けていたのだった。夫の死後、間もなくして、それまで生活していた社宅を出て実家へ移った。引越しはいい気分転換になるだろう、周囲の人も佐和子自身もそう思ったのだ。しかし、慌ただしい環境の変化は、佐和子に貴史の死を受け入れる時間を与えてくれなかったのである。納骨をすませ、そろそろ一周忌という頃になっても、佐和子はまだ、貴史の姿を捜しているのだった。今にも、玄関を開けて「ただいま、佐和子」と貴史が帰ってくるような気がしてしまうのだ。わかっていても、知らないうちに貴史の分まで夕食を用意しているのである。仏壇にある位牌も写真も、どこか嘘っぽく感じられ、手を合わせる気持ちにならない。さらに、就職した栄養士の仕事も、慣れないせいか最初は失敗ばかりで、そのたびに、貴史との思い出に逃げ込む日々が過ぎていた。

「もう、諦めなくちゃいけないって、自分に何度も言い聞かせたわ。あの人はもういないのだからって……。でもね、それと同時に、『彼を愛し続けている健気な自分』に酔っているところもあったのよ。こんなの、愛というより自己満足よね」

佐和子はそんな過去の自分を嘲笑うように、こう言った。

「だから、いい奥さんぶることをやめようと思ったの」

夫を裏切ることでしか、前へ進めないような気がしていたのだ。しかし、それが中根の妻から叱責される結果になったのである。雄介は、不器用で自分を傷つけてばかりいる佐和子の痛みを感じていた。悲痛な表情を浮かべる雄介を見た佐和子は、

「だからといって、私の身勝手な行動はどんな言い訳も許されないわ。こんな当たり前のこともわからなかったのよ。だけど、それまでの私は、周囲からまるで腫れ物に触るように甘やかされていた。でも、そんな私を彼の奥様はストレートに責めてきたわ。なりふりかまわず、いつまで甘えているつもりなのって、そして彼女が私をアッと言う間に現実へ引き戻してしまった、おかげで目を覚ますことができたのよ」

と、明るく言ったのである。佐和子は胸の奥に隠していた全てを雄介に話してしまったことで、以前よりすっきりした表情になっていた。そして雄介は、佐和子という女性について、本当は何もわかっていなかったことを思い知らされていた。

二人は帰り支度をして店の外に出ると、「お疲れ様」と普段どおりの軽い挨拶をして、別々の駅へ向かって歩きだした。コートの襟元にふんわりとマフラーを巻いた佐和子の後ろ姿は、なんとも頼りなく、それでも凛とした足取りで遠ざかっていく。雄介の知っている佐和子とはまったく別人のように見えた。立ち止まって見送る雄介は、このまま佐和子を追いかけて後ろから抱きしめたい衝動にかられながらも、今はただその後ろ姿から目が離せないのであった。

仕事と店の準備に追われているうちに、クリスマスが過ぎ、気がつくと大晦日になっていた。毎年、銀行の仕事納めは十二月三十日となっているため、正月休暇は大晦日から三日までである。しかし、佐和子と雄介はノンビリしている暇もなく、年末でにぎわう問屋街へ出かけたのだった。今日は「菜の花」で使う食器や道具類の掘り出し物を見つけるのが目的だ。カタログでは大量生産された商品しか選べないこともあり、店の雰囲気や予算に見合った食器類を、直接、問屋の店先で探したかったのである。前もって雄介が大晦日も営業している問屋を調べておいてくれたおかげで、二人は効率的に問屋を回ることができた。それに、雄介は石川県の実家へ帰省するため、今夜の最終便に乗らなくてはならないのだ。一軒一軒、問屋と交渉をしているうちに時間はどんどん過ぎていく。最後の問屋を出る頃には、空港へ行くギリギリの時刻になっていた。佐和子は心配して、途中まで送っていくことにしたのである。

空港行きのモノレールが出ているJR浜松町駅に到着した時には、なんとか予約した便に間に合いそうだった。

「ここでもう、大丈夫です。わざわざ送っていただきすみませんでした」

雄介はJRの改札口を出ると、腕時計を見ながらそう言った。佐和子も、雄介が無事に田舎へ帰ることができて、ホッと胸をなでおろしていた。

「こちらこそ。こんな時間までおつきあいいただき、ありがとうございました」

駅の構内は大晦日にもかかわらず、旅行カバンを持った大勢の人でにぎわっていた。改札口を出てまっすぐ進めばモノレール乗り場である。雄介はモノレール乗り場への通路を横目で確認してから、佐和子のほうを向くと、

「それでは、西山さん、行ってきます」

と、言ったが、雄介はすぐに、

「あ、そうじゃなくて……『今年もいろいろありがとうございました。来年もよいお

年をお迎えください』でした」

と、真面目な顔で言いなおした。

「樋口さんも、よいお年を。気をつけて、行ってらっしゃい」

佐和子は普段どおりのおっとりとした口調で答えていたが、内心は少しドキドキしていたのである。考えてみれば、こんな風に駅で男性を見送るのは数年ぶりだった。

雄介はボストンバッグを片手にモノレール乗り場に向かって歩きだした。しかし、通路の途中で急に振り返ると、

「来年も、絶対いい年にしましょうね！」

そう大きな声で言いながら、佐和子に向かって派手なガッツポーズをして見せた。突然の大声に驚いた通行人が、雄介と佐和子を面白そうに眺めながら通り過ぎていく。佐和子は周囲の視線を気にしながらも、笑顔で何度もうなずいていた。佐和子の笑顔に安心した雄介は、今度こそ本当に通路を駆け出していってしまった。

佐和子は、雄介の姿がモノレール乗り場の中に消えるまで見送っていた。たった、三日間離れるだけなのに、心細くなっている自分に気がつくと、佐和子は途端に頬が赤くなっていくのがわかった。

年が明けると、あっという間に西麻布支店、最後の営業日となった。そして、社員食堂も今日が最終日である。店舗は閉まっても、多くの行員は残務処理や統合先への引越しがあるため、半月程度はまだここに通ってくることになる。しかし、雄介のように地方へ転勤する者は、本当に今日が最後なのである。銀行内が落ち着かないせいか、社員食堂も人影がまばらだった。それでも、佐和子は、いつもどおり準備をしていた。正午少し前、雄介が早めのランチを食べるために食堂に入ってきた。今日はこれから夕方まで、取引先へ最後の挨拶まわりをするらしい。雄介は、佐和子から日替わり定食を手渡された。

「これが最後かと思うと、なんだか寂しいなあ」

「本当に、そうですね」

二人はそう言いながら、しみじみと食堂を見回した。

先日の中根の一件以来、二人の気持ちがどんどん近づいていることをお互いに意識していた。

「そうそう、明日は美味しいものを作ってお待ちしています。圭太も母も楽しみにしてるんですよ」

明日は、佐和子の家で雄介の送別会をやることになっているのだ。

「はい。僕も楽しみです。今夜の送別会は飲み過ぎないようにしないと、せっかくの料理が、二日酔いじゃ楽しめないですからね」

雄介も明日は楽しく過ごしたいと思っていた。


雄介の函館転勤を聞いて、富江はそのほうが佐和子のためにはよかったと胸をなでおろしているのであった。中根の場合と違って、いくら雄介が独身であれこれと熱心に世話をしてくれても、所詮は無理な話である。これ以上、佐和子が傷つくところは見たくない。このまま、函館へ行ってお互いに忘れてくれれば、それに越したことはないと思っていた。

午後五時、雄介は佐和子の家にやってきた。今日の料理は、佐和子が得意としているイタリアンである。大皿で出すイタリア料理は、見た目が華やかなのはもちろんのこと、食卓の全員が同じ皿から料理を取り分ける親近感が気に入っていた。すでに、料理もできあがっていたので、富江も圭太も席につき、さっそく食事を始めることにした。

乾杯の前、佐和子は雄介に今までのお礼の言葉を贈ることにした。

「樋口さん、いろいろお世話になりました。本当に感謝の言葉もありません。函館に行ってもお体に気をつけて、お仕事、頑張ってください。それから、東京に来た時には『菜の花』にも顔を見せてください」

佐和子はいつもより明るく振る舞っていた。乾杯が終わると、雄介も立ち上がって挨拶しようとしたが、お腹をすかせた圭太にさえぎられてしまった。

「お腹すいたから、先に食べようよ。主役の挨拶は最後でいいんじゃない」

その言葉に、スピーチを考えていなかった雄介はホッとした。

「助かったあ、本当は挨拶って苦手なんだよね」

「もう、二人ともしょうがないわね」

そう言って佐和子は笑った。

テーブルに並んだ料理を食べながら、雄介は何度も「うまい、うますぎる」と感激の言葉を連発していた。雄介は本当になんでも美味しそうに食べるのだ。そんな雄介を見ているだけで、周囲の人は陽気になり食欲も湧いてくるのである。雄介は最高の食べ手であった。そんな雄介につられて圭太まで雄介の真似をするので、富江も佐和子も笑いが止まらなかった。笑っては食べ、食べては笑い、そして気がつくと、料理は食べ尽くされ、料理に合わせて赤、白と買っておいたワインも全て空になっていた。

佐和子が、デザートのケーキとコーヒーを運んでくると、雄介が神妙な顔つきで立ち上がった。

「今日は、本当にごちそうさまでした。それでは、簡単ですが、僕から皆様へ挨拶をさせていただきます」

そう言われて、佐和子は急いでケーキとコーヒーを配り、エプロンをはずして椅子に座った。雄介は佐和子の作業が終わるのを待ってから口を開いた。

「西山さん、毎日、美味しいランチをありがとうございました。あんなに美味しい社員食堂は、日本中探したって見つからないと思います。僕は、西山さんの料理を多くの人に味わってもらいたいと本気で思いました。いろいろ無理を言って、お店を出すことになったのに、まさか、自分が転勤するとは思ってもいませんでした。でも、その『菜の花』も、もうすぐオープンです。本当は、常連客として毎日でも食べに行くつもりだったのに、それだけが心残りです」

ここで、雄介は言葉に詰まって下を向いた。しかし、次に顔を上げた時、雄介の表情はいつになくこわばっていた。

「僕は明日、函館に行くことになっています。そして、アパートの荷物もすっかり送ってしまいました。でも、今さらなんですが、やっぱり……」

雄介は両手をグッと握りしめ、そして大きく息を吸った。

「と、突然ですが、僕と結婚してもらえませんか、あなたと離れたくないんです！」

と、まっすぐ佐和子に向かって自分の思いをぶつけたのだ。

これには、佐和子も富江も驚いて、すぐには言葉が出なかった。その中で一番冷静なのは圭太だった。

「お母さんのことが、好きだったの？」

何も言えなくなっている佐和子に代わって、圭太が質問しているみたいだった。

「今まで全然気づいてなかったけど、好きだったんだ」

「でも、函館はどうするの、行かないの？」

「行くけど、すぐに戻ってくる。銀行なんて辞めてもいいし」

これには、富江が慌てて反対した。

「そ、そんな、バカなことを言うもんじゃありません。銀行を辞めて、結婚だなんて、樋口さんのご両親が聞いたら、なんと思われるか」

「両親のことは、僕が説得します。皆さんに、ご迷惑はおかけしません」

雄介はきっぱり言い切った。しかし、富江は引き下がらない。

「あなたはまだ若いから、好きだの、そばにいたいだのって、夢みたいなことを言ってられるんですよ。だけど、何かあったら、一番辛いのは佐和子なんです。そして、そんな佐和子を見てなきゃならない私たちだって、どんなに辛いか」

富江は、途中から涙声になっている。さっきまでの楽しい雰囲気が、すっかり険悪なムードになってしまった。しかし、当の佐和子は何も言わずに、じっと下を向いたまま座っている。全員の視線が佐和子に注がれていた。佐和子がなんと答えるのか、三人は息を殺して待っていた。

その時、佐和子はさっと顔を上げると、

「デザートも食事のうちなのよ。せっかく腕をふるったんだから、最後まで食べましょうよ。難しい話はそれからで」

全員が見守る中、佐和子は突然、目の前のケーキを食べ始めた。そして、美味しそうな顔をしてにっこり微笑んだ。

「うん、美味しいわ。さあ、みんなもどうぞ。圭太も好きでしょ、このケーキ」

まるで何事もなかったかのように、穏やかな表情をしている。すると、察しのいい圭太は、母親に落ち着いて考える時間を与えるため、

「そうだね、僕も食べようかな」

と言って、佐和子と同じように食べ始めたのだ。

それまで言い争っていた雄介と富江は、なんとなくその先の言葉が続かなくなってしまったので、二人は仕方なくケーキ皿を手にとると、食べ始めた。

それは、佐和子ご自慢のしっかりとした甘さのあるチョコレートケーキだった。最近は、甘さ控えめが主流になっているので、甘みの強いケーキはどこか懐かしさを感じさせた。

「イタリアンは、味つけに砂糖を使わないから、デザートを甘めにしないと、なんとなく、満足できないのよね」

佐和子はそう言って、最後の一口を食べ終わった。

「うん、満足、満足。ごちそうさまでした」

佐和子は、フォークをゆっくりと置いてから手を合わせた。

甘いケーキのせいなのか、それとも、佐和子のノンビリした雰囲気に飲み込まれてしまったのか、雄介も富江も落ち着きを取り戻していた。

佐和子は、二人が冷静になったことを確認すると、雄介のほうを向いた。

「ありがとう、とっても嬉しいわ。もし、私があなたぐらい若かったら、何も迷わず結婚しちゃうわね、きっと」

そう言って佐和子は少しだけ笑った。

「でもね、現実は違うわ。情けないけど、私は夫を亡くしてからというもの、人生に対して臆病だった。これ以上、何も悪いことが起こりませんようにって、神様から隠れるようにして生きてきたの。だけど、あなたのおかげで、もう一回人生っていうものを信じてみる気になれたのよ。あなたが背中を押してくれたから、お店を出す決心もできた。本当に感謝しているわ」

しかし、雄介は佐和子にこれ以上頑張ってほしいわけではなく、もう少し自分に甘えてもらいたいのだ。

なんとか佐和子に自分の気持ちをわかってもらいたくて、雄介は食い下がっていった。

「これからは今まで以上に大変だと思うから、そりゃあ、料理もできないし、なんの役にも立たない僕だけど、それでも西山さんのことを大切にしたいと思ってるんだ」

「樋口さんがいてくれたお陰で、どんなに心強かったか。私だって、本当はそばにいてもらいたいのよ」

「だったら……」

「だけど、早急に答えを出すことじゃないと思っているの」

そして次に、佐和子は富江と圭太に向かって話しかけた。

「私にも、樋口さんはとても大切な人だと思う。だけど、今すぐじゃなくて『菜の花』がちゃんと経営できるようになって、自信が持てるようになったら、その時は私の決めたとおりにしてもいいかしら？」

この問いかけに、圭太はあっさり答えた。

「お母さんがそうしたいなら、僕は大丈夫だよ」

しかし、富江の不安は解消されていない。

「そうは言っても、樋口さんのご両親がなんておっしゃるか。私は、佐和子が悪く言われるようなことには、二度としたくないんだよ」

「お母さん、そんなに心配しなくても大丈夫よ。お店が安定するのに何年もかかるかもしれない。それに、その頃には私だって今よりは強くなっているはずよ」

佐和子は富江を安心させようとした。しかし、そんなことで安心できるわけがなかった。それでも富江は佐和子を信じて見守るしかないのである。いくら心配したところで、結局は成るようにしか成らないとわかっているのだ。

雄介も佐和子の言いたいことは理解できた。それでもやっぱり離れてしまうことに不安を感じていた。

「樋口さんが私に新しい人生をプレゼントしてくれたのよ。だから、私は一人で頑張ってみたいの。そして『菜の花』をいいお店にするつもり。樋口さんも、函館でゆっくり考えてください。私はいつでも『菜の花』で待っていますから」

そう言って微笑む佐和子の言葉には、それ以上反論できない不思議な力があった。

「わかりました。西山さんの言うとおりです。僕はちょっと急ぎすぎたみたいですね。でも、僕にもそれ相応の覚悟があります。簡単には諦めませんから」

そう言って、雄介は笑った。そしてこの時、雄介は佐和子の言葉に賭けてみるつもりになっていたのである。もし、佐和子の人生に自分が必要なら、必ずここに戻ってこられると思ったのだ。

雄介は、これまで佐和子の背中を押し続けてきた。自分が佐和子をリードしていると思っていたのだ。しかし、今の佐和子と雄介は、すっかり立場が逆転しているみたいだった。

雄介が函館支店へ赴任してから一ヶ月半ほどたった三月中旬、とうとう「菜の花」がオープンした。

寺田夫妻が協力してくれたおかげで、今までの常連客も贔屓にしてくれるようになった。さらに、佐和子の料理が近所で評判になるにつれ、サラリーマン以外にも、テイクアウトの惣菜を求める地元の人たちが増えていった。そのため、忙しくなってきた佐和子は前に勤めていた会社から定年退職した人を紹介してもらい、アルバイトとして雇うほどになっていた。それでも、佐和子と富江は毎日、朝から大忙しである。

あおば銀行の森崎信二は、六本木支店に異動してからも、外まわりで目黒に用事がある時は必ず「菜の花」に寄ってランチを食べていく。そして函館にいる雄介に、こっそり「菜の花」に関する情報をメールで送っていた。

雄介も、函館支店で忙しい日々を過ごしていた。信二から送られてくる「菜の花」の店内や料理の写真を見ては、商売が順調にいっていることを喜んでいた。しかし、雄介は、自分から佐和子に連絡することはあえて避けていた。それより、自分のやるべきことに集中していた。そして、その時が来るのを、雄介はずっと待っていたのである。

「菜の花」は間もなく一周年を迎えようとしていた。家族や近隣の人たちに助けられながら、なんとか無事に商売を続けてくることができた。そして最近になって、佐和子は社員食堂で働いていた頃を、不思議な気持ちで思い出すのである。

あの当時、まさか自分がこんなに早く店を持つなんて、絶対に考えられなかった。佐和子にとって、それは奇跡にも近いことだったのだ。だからこそ、佐和子は雄介が起こしてくれたこの「菜の花」という奇跡に、感謝で胸がいっぱいになるのだ。そして、たった一、二年で人生がこんなにも変わってしまうことに、あらためて驚いていた。

しかし、ここで終わってしまうわけではない。これからだって、よくも悪くもずっと変わり続けるだろう。

夫を失い、同時に自分自身の軸のようなものまで失ったあの頃。軸がブレるように迷い続けた数年間を思うと、今の佐和子には「菜の花」が人生を貫きとおす軸になっていると感じるのだ。今の佐和子なら、これから起こるどんな変化も、受け入れることができそうだった。

「私も、強くなったものね」

佐和子は料理を盛りつけながら、ポツリとそうつぶやいた。

そろそろ、昼の営業が終わる頃であった。富江が汚れた食器をお盆にのせて厨房に入ってきた。

「お母さん、お昼のまかない作ったから、先に食べてください」

「そうね、もう、このあとはお客も来ないだろうし」

佐和子と富江がそんな会話をしていると、突然、勢いよく入り口が開いて、誰かが駆け込んできた。

「すみません、まだ、定食、大丈夫ですか？」

その聞きなれた声に、佐和子は思わずカウンターから身を乗り出した。入り口を見ると、そこには雄介が立っていた。駅から走ってきたのだろう、息を切らせ、肩が上下に揺れている。

「ただいま」

驚いている佐和子と富江に雄介はそう言うと、店の中に入ってきた。そして、テーブル、椅子、棚などを一つひとつ確かめるように手で触れていった。嬉しそうに店内を歩きまわっていた雄介だが、突然、思い出したように、手に持っていた白い発泡スチロールの箱を佐和子に向かって突き出した。

箱の中からは、ガサゴソと何かが動いているような不規則な音が聞こえる。

「毛ガニ。みんなで食べようと思って、今朝、市場で買ってきたんだ」

そして、雄介は佐和子がいるカウンターのところに駆け寄った。

「親は説得した。それから銀行も辞めてきた。こっちで、料理関係の書籍を扱う出版社に仕事も決まった」

それを聞いて、富江が腰を抜かしヘナヘナと椅子に倒れ込んだ。しかし、そんな富江も最近では、娘の佐和子に新しい人生が開けることを決して悪くないと思い始めているのであった。

雄介は、相変わらず人なつっこい笑顔をしていた。そして、その笑顔に引っ張られるようにして、佐和子は「菜の花」をつくり、ここまできたのだ。

「今夜は、カニしゃぶにでもしましょうか……」

佐和子は目にいっぱい涙を溜めたまま、雄介から箱を受け取るとしっかりと抱きしめた。

ランチタイムが終わった静かな店の中、そこには毛ガニの動く音だけが、途切れ途切れに聞こえていた。

著者プロフィール

村井 日向子（むらい ひなこ）

1962年、神奈川県生まれ。東京在住。
趣味は人間観察とクラシックホテルめぐり。

恋味定食

2011年２月15日　初版第１刷発行
2011年12月31日　初版第２刷発行

著　者　村井 日向子
発行者　瓜谷 綱延
発行所　株式会社文芸社
〒160-0022 東京都新宿区新宿1－10－1
電話 03-5369-3060（編集）
03-5369-2299（販売）

印刷所　株式会社フクイン

ISBN978-4-286-09795-4